Schulte Sabine Huber

Michael Schulte

Sabine Hubers Glück und Elend

Ein Südpolroman

Verlag Klaus G. Renner

straße 26, 8000 München 40. Erstausgabe. Umschlag von Claus
Seitz. Printed in Germany, 1983. Satz und Druck von Hierony-
mus Mühlberger, Augsburg. ISBN 3-921499-64-x
Der Autor dankt der Kulturbehörde der Freien und Hansestadt
Hamburg für die Gewährung eines Stipendiums, das ihm die
Ausarbeitung dieses Romans ermöglichte.

I

'Ich bin viel auf Reisen. In den führenden Hotels aller fünf Kontinente bin ich ein willkommener Gast, meine Trinkgelder sind großzügig, man hat immer, sollte ich unangemeldet eintreffen, ein Zimmer für mich reserviert, man möchte mich unter keinen Umständen verstimmen.

In letzter Zeit klappt alles nicht mehr so gut wie früher. Ich betrete mein Hotelzimmer und überrasche den Parkplatzwächter mit dem Stubenmädchen in meinem Bett. Ich verjage die beiden und fordere frische Bettwäsche; unter den fadenscheinigsten Ausreden, etwa, die Wäscherei habe gerade pleite gemacht oder man hätte alle Wäsche versehentlich einer mildtätigen Organisation geschenkt oder die Gewerkschaft verbiete den Stubenmädchen, öfter als einmal pro Tag dasselbe Bett zu beziehen, unter solchen Vorwänden wird meine Forderung abschlägig beschieden. Das ist aber nicht alles. In den Hotels bröckelt der Putz von den Zimmerdecken, die Tapeten sind schmierig und fleckig, die Vorhänge riechen nach dem Rauch billiger Zigarren, und wo früher Reproduktionen der herrlichen Gemälde van Goghs und Chagalls hingen, sind heute unglaublich obszöne Fotografien.

»Man muß mit der Zeit gehen«, sagen die Hoteldirektoren und laden mich zu Champagner ein. »Es ist bedauerlich, Sie haben völlig recht, aber als Geschäftsmann muß man mit der Zeit gehen.«

»Sie könnten wenigstens einmal neu tapezieren und streichen lassen.«

Man zuckt die Achseln, eine Geste, die Überlegenheit

und Stärke demonstriert und meistens nur Ministerpräsidenten und hohen Militärs gelingt, eine Geste, die ich seit Jahren vor den Spiegeln in den Badezimmern der internationalen Hotels einzuüben bemüht bin. Vielleicht bin ich von Natur aus zu sanftmütig und hilfsbereit, vielleicht liegt es an meiner Erziehung, ich wünsche keinen Streit mit den Hoteldirektoren, also kaufe ich Tapeten, Tapetenkleister, Farbe, Pinsel, Leitern, falte mir aus Tageszeitungen Papierhüte und renoviere meine dreißig liebsten Hotelzimmer der Welt. Natürlich sieht man solche Aktivitäten von seiten der Direktion nicht ungern. Man lächelt mir ermutigend zu, reicht mir Getränke, Kirschblütentee in Japan, Bier in Amerika, Australien und Deutschland, Zuckerrohrschnaps in Kuba und Kokosmix in Afrika.'

Ich bin Schüler des Instituts ›Goldene Feder – Fernkurse für neue Bestsellerautoren.‹

Werden Sie glücklich, werden Sie Schriftsteller! Mit diesem Slogan wirbt das Institut. *Zugegeben, unsere Kursgebühren sind einigermaßen haarig, aber bald sind Ruhm und Geld auf Ihrer Seite. Schicken Sie uns ein bis zwei Seiten selbstverfaßter Prosa zu dem Thema* Im Hotel *ein. Sie waren doch sicher schon mal in einem Hotel. Teilen Sie einfach Ihre Erlebnisse und Beobachtungen in schlichten Worten mit. Schon nach einer Woche teilen wir Ihnen das Ergebnis unserer Analyse mit: Sie sind der geborene Schriftsteller.*

Obenstehenden Text über die internationalen Hotels sandte ich als Talentprobe ein, und vier Tage später hielt ich ein Schreiben der Firma ›Goldene Feder‹ in Händen:

›Sie sind der geborene Schriftsteller, wir dürfen Ihnen

zu Ihrem Talent gratulieren. Allerdings ist Ihr Stil noch etwas ungeschliffen, auch entsprechen Aufbau und Komposition nicht ganz den modernen Anforderungen. In anderen Worten, Sie müssen hinzulernen und Sie werden hinzulernen, wenn Sie den beigelegten Coupon ausfüllen und die erste Rate überweisen.‹

Das klang überzeugend und ermutigend. Dennoch zögerte ich, die erste Rate zu überweisen. Ich schrieb einen Brief an das Institut:

›Es freut mich, daß ich Talent habe. Doch ehe ich mich endgültig entschließe, an Ihrem Fernkurs teilzunehmen, möchte ich erst mit Ihrer Unterrichtsmethode vertraut werden. Bitte schicken Sie mir also eine qualifizierte Korrektur meiner Hotelerlebnisse.‹

Hier die Antwort:

›Sie sind der geborene Schriftsteller, wir dürfen Ihnen zu Ihrem Talent gratulieren. Obwohl Sie die erste Rate noch nicht überwiesen haben, dürfen wir Sie jetzt schon als Kursteilnehmer begrüßen und Sie zu dem Kreis unserer künftigen Erfolgsautoren zählen. Ausnahmsweise senden wir Ihnen schon vor der Überweisung der ersten Rate eine wertvolle Korrektur Ihrer ersten literarischen Gehversuche. Diese Korrektur ist, sofern Sie sie beherzigen, die erste Sprosse auf der Leiter zu Glück und Erfolg. Jetzt sollten Sie aber wirklich nicht mehr länger zögern, zumal uns die weltweite inflationäre Entwicklung zwingen wird, schon bald unsere Kursgebühren drastisch zu erhöhen.‹

Die Korrektur:

›. . . überrasche den Parkplatzwächter mit dem Stubenmädchen in meinem Bett.‹ Besser: . . . *den Gärtner mit der Gräfin.* ›. . . falte mir aus Tageszeitungen Papierhüte.‹

Besser: *... falte mir aus regierungsfreundlichen Tageszeitungen Papierhüte.*

Das sind natürlich nur Kostproben unserer sorgfältigen, individuellen Korrekturarbeit, die Sie zum Erfolg führen wird. Aber Sie sollten nun wirklich nicht mehr länger zögern, sich zum Bestsellerautor ausbilden zu lassen.‹

Irgendwie überzeugte mich das alles aber doch nicht vollständig, weswegen ich an das Institut schrieb, ich sei begeistert von der Erfolgsmethode, die erste Rate sei so gut wie unterwegs, allerdings würde ich meinen Lehrer gerne noch besser kennenlernen, da er doch für die nächsten drei Jahre mein Vorbild, meine literarische Ziehmutter sein werde. Ich bat daher, der Lehrer möge mir, um die letzten, ohnehin schon fast vollständig entschwundenen Zweifel auszuräumen, seinerseits selbstverfaßte Prosa zu dem Thema ›Im Hotel‹ zusenden, auf daß ich, von seiner Meisterschaft überwältigt, um so glühender seinen Anweisungen und Ratschlägen Folge leiste.

Acht Wochen vergingen, ich hatte die ganze Angelegenheit bereits vergessen, zumal ich meinen Plan, Schriftsteller zu werden, inzwischen fast aufgegeben hatte zugunsten des heranreifenden Entschlusses, meine bestechend schöne Tenorstimme ausbilden zu lassen. Acht Wochen vergingen, da bekam ich Post von der ›Goldenen Feder‹. Das Couvert enthielt einen Brief der Institutsleitung, die unfreundlich die erste Rate anmahnte, mir aber gleichzeitig zu meinem Lehrer gratulierte, der niemand anderer sei als der berühmte Kulturphilosoph Erich-Eni MacLarrick. Sofort gab ich den Gedanken an eine Karriere als Tenorsänger auf. Natürlich war mir MacLarrick aus zahlreichen Publikationen bekannt, ich konnte mir gar keinen besseren Mentor wünschen. Er schreibt wirklich gut, jeder, aber auch jeder versteht, was er meint, und außerdem weiß er genau, was Literatur soll, darf und kann; ich würde also nicht nur in der Praxis, sondern auch in der Theorie so gründlich wie erforderlich ausgebildet werden. Ferner entnahm ich dem Couvert einen Erlebnisbericht mit der Überschrift ›Im Hotel‹:

›Endlich war es so weit. Ich stand in meinen neuen Bermudashorts am Fenster meines Hotelzimmers und blickte auf das Meer, das von einer sanften Brise gekräuselt wurde. Diesen Inselurlaub hatte ich mir redlich verdient, das darf ich sagen. Aber würde es überhaupt ein Urlaub werden, kennt jemand wie ich überhaupt so etwas wie Urlaub? Die Frage, die ich mir da stellte, während ich das Spiel der Wellen beobachtete, war nicht unberechtigt, da ich stapelweise Bücher mitgenommen hatte, die der Prüfung bedurften, der Prüfung, ob sie meinen Theorien standhalten. Erfahrungsgemäß würde das wieder nur bei zwanzig Prozent der mitgeschleppten Literatur der Fall sein. Das ist meine Aufgabe – oder soll ich besser sagen, mein Schicksal – prüfen und vermitteln. Diese Gedanken beschäftigten mich derart, daß ich vergessen hatte, mich umzuziehen, ehe ich die Hotelbar im Keller betrat. Noch immer mit meinen neuen Bermudashorts und sonst nichts bekleidet, allerdings mit einem Stapel Neuerscheinungen unter dem Arm, setzte ich mich an einen kleinen, runden Tisch.

›Was wünschen Sie?‹ fragte eine sanfte Stimme.

›Einen Cuba libre‹ sagte ich zerstreut, ›ja, Freiheit für Kuba!‹ Dann erst blickte ich auf. Vor mir stand eine Frau, die so schön war, daß es mir buchstäblich den Atem verschlug. Kurz bevor ich zu ersticken drohte, vermochte ich ein paarmal Luft zu schnappen. Die Frau mochte Mitte zwanzig sein, und war der Stute an des Pharao Wagen vergleichbar. Ihre Augen glänzten wie Tauben. Wie die Lilie unter den Dornen, so war diese Bardame unter den Mädchen. Ihr Haar war wie eine Herde Ziegen, die von den Kalkbergen hinter meinem Hotel herabwallt. Ihre Zähne waren wie eine Herde frischgeschorener Schafe, die von der Schwemme heraufsteigen, die allesamt Zwillinge haben und deren keins ohne Lämmer ist. Einem Karmesinband gleich waren ihre Lippen. Gleich dem Riß im Granatapfel schimmerte ihre Schläfe hinter dem Schleier aus Zigarettenqualm hervor. Ihr Hals ragte gleich dem Davidsturme, der für Waffen gebaut war. Ihre Brüste glichen zwei Böcklein, Zwillingen der Gazelle, die auf Lilienauen weiden. Alles war schön an ihr, an ihr war kein Fehl . . .‹

An dieser Stelle unterbrach ich die Lektüre. Ich schnaufte laut, meine Hände waren feucht.

»Das ist ja«, rief ich wie von Sinnen, »das ist ja hundertprozentig mein Typ, meine Traumfrau, an deren Existenz ich schon nicht mehr glauben wollte! Das ist, wenn ich nicht irre, ein Fingerzeig Gottes.«

Den Rest des Erlebnisberichtes überflog ich nur noch unkonzentriert, ohne innere Anteilnahme:

›. . . konnte lange nicht einschlafen . . . immer verwirrter . . . mehr in der Bar als am Strand . . . Trinkgeld . . . noch mehr Trinkgeld . . . Chance . . . keine Chance . . . Kellner mal verlobt war . . . ins Kino eingeladen . . . Ausreden . . . fünfzig Rosen . . . Hand berührt . . . beim Film unterzubringen . . . Hoffnungsschimmer . . . allmählich zum Alkoholiker . . . letzter Tag . . . nächstes Jahr bestimmt . . . Adressen ausgetauscht . . .‹

Diese Frau mußte ich kennenlernen! Ein Gedanke, den ich sofort wieder verwarf. Nie würde ich das Geld für einen Urlaub auf einer Insel aufbringen, außerdem genügte ein Blick in den Spiegel, um zu einer realistischen Einschätzung meiner Chancen bei dieser Traumfrau zu gelangen. Ich mußte das Bild, das MacLarrick vor mein inneres Auge gezaubert hatte, schleunigst wieder vergessen.

Das war schwieriger als ich dachte. Wenn ich zufällig irgendwo eine Herde Ziegen sah, mußte ich an ihre Haare denken, wenn ich mir Ketchup auf einen Hamburger träufelte, an ihre Lippen. So ging das Tag für Tag, manchmal sogar mehrmals täglich. Ich magerte ab, mir blieb nichts anderes übrig als einen alten Gedanken wieder aufzugreifen: Ich muß diese Frau kennenlernen! Meine Taktik war schnell entwickelt: Regelmäßig die Raten an die ›Goldene Feder‹ überweisen, das Vertrauen MacLarricks gewinnen, allmählich rausbekommen, wo diese Frau wohnt und wie sie heißt.

Lästig war dabei nur, daß ich, solange ich mein Ziel nicht erreicht hatte, gezwungen war, aktiv an dem Autorenkurs teilzunehmen, Hausaufgaben zu machen, Korrekturen zu lesen, Geld zu überweisen, obwohl ich gar nicht mehr Schriftsteller werden wollte. Ich nahm das gerne auf mich, alles hat seinen Preis.

Zwei Jahre später:

Es hat nichts geklappt, wirklich nichts. Dutzendmal habe ich MacLarrick eingeladen, mir seine Urlaubfotos der letzten zwanzig Jahre zu zeigen, auch an Wein und attraktiven Zuschauerinnen werde es nicht fehlen, aber er hat nicht einmal geantwortet. In meiner Verzweiflung schrieb ich sogar MacLarricks Frau. Ich flehte sie an, mir die bevorzugten Feriendomizile ihres Gatten, meines Meisters zu verraten. Der Brief kam ungeöffnet zurück, da MacLarrick nicht verheiratet ist.

Indes machte ich beachtliche Fortschritte als Schüler der ›Goldenen Feder‹, schon wurden meine Kurzgeschichten in manchen Zeitschriften gedruckt, die ersten Honorare gingen ein, in Leserbriefen wurde meine Kunst der eindringlichen Landschaftsbeschreibung gelobt, auch meine verhaltene Dialogführung war von Beifall begleitet und wurde immer beliebter. Bald forderten angesehene Verlagshäuser ein umfangreiches Manuskript von mir, einen Roman etwa oder einen Band brisanter Erzählungen. Ich war auf dem besten Weg, Erfolgsschriftsteller wider Willen zu werden, aber meinem eigentlichen Ziel, die Traumfrau kennenzulernen, war ich keinen Schritt näher gekommen. Der Punkt war erreicht, an dem sich Erfolg und Mißerfolg, Stolz und Verbitterung die Waage hielten, ein durchaus unerfreulicher Zustand, den zu ändern ich bestrebt war. Ich trank fünf Liter Bier und hatte eine glänzende Idee. Seltsam, daß ich nicht schon früher darauf gekommen war. Der Wunsch der Verleger nach einem umfangreichen Manuskript und mein persönlicher Wunsch, Name und Adresse oder doch wenigstens nur den Arbeitsplatz der Frau fürs Leben in Erfahrung zu bringen, ließen sich auf verblüffend einfache Weise koordinieren. Ich beschloß, eine Biografie über MacLarrick zu schreiben.

Dieser Plan löste in der literarisch interessierten Welt einen Sturm der Begeisterung aus. Als ich daraufhin das Gerücht verbreitete, ich wolle mich bei der Arbeit an der Biografie ausschließlich auf Dokumente und Zeugenaussagen stützen, erhielt ich endlich Post von MacLarrick.

So zu verfahren, schimpfte er, sei ein Unding, er bestehe darauf, die Zeugenaussagen zu prüfen und ins rechte Licht zu rücken. Nur wenigen Biografen sei das Glück beschieden, die Person ihrer Aufmerksamkeit unter den Lebenden zu wissen, und er lade mich zum Essen ein.

Der Abend bei MacLarrick, er servierte Fischstäbchen mit Kartoffelsalat, verlief so harmonisch wie nur was. Zwar weigerte sich der Kulturphilosoph, sein Leben rückwärts zu erzählen, wie ich ihm zunächst vorgeschlagen hatte, auch wollte er von Themengruppen nichts wissen, zum Beispiel Berufserfahrungen, Ferienaufenthalte, Begegnungen und so weiter, er bestand auf der chronologischen Methode, was mir auch recht war, irgendwann würde er nicht umhin können, von jenem Urlaub zu sprechen, dem mein schlüpfriges Interesse galt.

Das Projekt ließ sich ein wenig zögernd an, denn während der folgenden siebenundvierzig Abende berichtete MacLarrick ausschließlich von seinen Vorfahren.

Zwei Jahre später:

Ich stand kurz vor dem Ziel, da ereignete sich ein Zwischenfall. Wenn mir MacLarrick sein Leben erzählte, ließ ich ein Tonband laufen. Nach jeder Sitzung ergänzte ich meine und MacLarricks Liste, auf der ich die Nummer des Tonbands und in ein paar Stichworten die Äußerungen des Kulturphilosophen festhielt. Da bat mich MacLarrick – jener Ferienaufenthalt sollte in den nächsten Tagen zur Sprache kommen – um das Band Nummer 261, er erinnere sich plötzlich eines ergänzungswürdigen Details. Natürlich besprach MacLarrick immer ein und dasselbe Band, das ich zu Hause regelmäßig löschte, da ich schon längst keine Lust mehr hatte, die angekündigte Biografie zu schreiben und nur nach Namen und Adresse jener Bardame gierte. Das Tonband Nummer 261 existierte nicht, ich war in einer verzweifelten Lage. Ich überlegte, ob es möglich sei, mit Hilfe eines versierten Tontechnikers das vorhandene Band so zu montieren, daß es in etwa dem Band 261 entspricht, oder einen Schauspieler aufzutreiben, der die Stimme MacLarricks täuschend ähnlich zu imitieren versteht. Wieder kam ich auf die einfachste Lösung zuletzt. Ich fertigte ein fingiertes Tonbandprotokoll an und überreichte es MacLarrick.

An einem Freitag war es so weit. Vier Jahre zielstrebiger Mühe waren nicht umsonst gewesen – ich erfuhr den Namen der Insel, des Hotels und der Bardame. Die Insel heißt San Lorenzo und liegt in der Karibik, das Hotel heißt ›Bellevue‹ und liegt in der Nähe des Strandes zwischen einer Autobahn und einem Zementwerk, und die Frau meiner Träume heißt Sabine Huber. Sie ist uneheliches Kind einer Wäschereibesitzerin aus Fürstenfeldbruck und eines schwarzen GIs, der lediglich aus Liebe zur Heimat die unglückliche Wäschereibesitzerin sitzen ließ. An ihrem sechzehnten Geburtstag erfuhr Sabine, wer ihr Vater war. Sie meldete sich von der Schule ab, plünderte ihr Sparschwein und begab sich auf einem Bananendampfer nach Übersee, um ihren Vater ausfindig zu machen. Unterwegs ging ihr das Geld aus, sie blieb in San Lorenzo City, der Hauptstadt von San Lorenzo, hängen, verdingte sich als Näherin, später als Statistin am einzigen Theater der Insel, wurde vom Portier des Hotels ›Bellevue‹ entdeckt und arbeitet seitdem in besagter Kellerbar.

Während mir MacLarrick das alles erzählte, blieb ich äußerlich gelassen und ruhig, doch innerlich brodelte ich vor Erregung. »Korrespondieren Sie mit Fräulein Huber?« fragte ich und versuchte, meiner Stimme einen möglichst gleichgültigen Klang zu verleihen.

»Sie hat mir mal geschrieben und mich um Geld gebeten. Sie wollte endlich durch die Vereinigten Staaten reisen, um ihren Vater zu suchen.«

»Und haben Sie ihr das Geld geschickt?« fragte ich bebend.

»Natürlich«, sagte MacLarrick. »Sie hat sich überschwenglich bedankt und mir versprochen, mich zu besuchen, sobald sie ihren Vater gefunden hat.«

»Wie lange ist das her?« röchelte ich.

»Da muß ich überlegen«, sagte MacLarrick. »Das war... Moment... jetzt haben wir... ja, knapp vier Jahre.«

»Haben Sie seitdem wieder etwas von ihr gehört?«

»Wie bitte? Könnten Sie vielleicht etwas lauter sprechen?« Ich nahm meine schwindenden Kräfte zusammen.

»Haben Sie seitdem wieder etwas von ihr gehört?«

»Ja, sie bittet mich immer wieder um Geld, und ich schicke es ihr. Offenbar hat sie ihren Vater noch nicht gefunden. Sie wird schon kommen. Irgendwann mal.«

»Glauben Sie wirklich?«, sagte ich.

»Warum nicht?« sagte MacLarrick.

Vielleicht hat er recht. Ich muß seinen Optimismus teilen. Aber wie würde ich von Sabine Hubers Besuch erfahren? Er hat nicht den geringsten Grund, mich zu verständigen, wenn sie kommt. Ich darf ihn auf keinen Fall mißtrauisch machen. Es gibt nur eine Lösung des Problems, aber das wird schwierig, verdammt schwierig. Ich wollte, es gäbe einen anderen Ausweg; doch ich mag es wenden wie ich will, mir scheint nur eine einzige Lösung in Betracht zu kommen: Ich muß MacLarricks Untermieter werden.

Ich danke Gott für jeden Tag, den er mir schenkt, aber diese Zeit möchte ich nicht noch einmal durchleben. Es kostete mich geschlagene drei Wochen, MacLarrick von der Notwendigkeit zu überzeugen, einen Butler einzustellen. Als er endlich überzeugt war, bedurfte es nur noch geringer Mühe, in ihm den Gedanken reifen zu lassen, mich um die Wahrnehmung dieses Postens zu bitten. Der Biograf als Butler, MacLarrick war glücklich.

Meine Aufgaben waren einfach. Ich hatte mich um den Weinkeller und die Post zu kümmern. Außerdem hatte ich alle Anrufe zu notieren, denn MacLarrick war tagsüber in dem berühmten ›Institut zur Wahrung echter Werte‹ (IWEW) tätig. Jeden Morgen öffnete ich keuchend und vor Hoffnung schwitzend den Briefkasten, aber ein Schreiben von Sabine Huber wollte sich nicht einfinden. Ich hatte mir vorgenommen, am Tage X Sabine Huber vom Flughafen abzuholen, ihr zu erzählen, MacLarrick sei leider gestorben, um dann mit ihr den nächsten Eilzug nach Paris zu nehmen. War ich neidisch auf MacLarrick, der Nacht für Nacht prustend vor guter Laune Frauen in seine Wohnung schleppte und mich Brötchen schmieren und Champagner auffahren ließ? War ich neidisch? Nein, ich war wütend, denn offenbar bedeutete ihm Sabine Huber nichts. Oder wollte er nur vergessen? Gab er sich nur aus Kummer diesen zweifelhaften Damen hin? Mir konnte es egal sein. Ich wollte mit dem Nachtleben MacLarricks nichts mehr zu tun haben, ich wollte kündigen, aber ich zögerte, diesen Schritt zu vollziehen, da ich fürchtete, ausgerechnet am Morgen nach meinem Auszug aus MacLarricks Wohnung könnte ein Brief, eine Postkarte, ein Telegramm von Sabine Huber im Briefkasten liegen. So blieb ich fast fünf Jahre Butler bei MacLarrick. Manchmal erkundigte er sich nach der Biografie, ich täuschte Schaffenskrisen vor oder sagte, meine Schreibmaschine sei gerade in Reparatur.

Einmal äußerte ich Verwunderung, daß ein so bedeutender Mann wie er relativ wenig Post erhalte.

»Da täuschen Sie sich gewaltig«, sagte er, »ich erhalte stapelweise Post. Da ich jedoch gelegentlich umziehe, gebe ich ... na, zum Beispiel damals dieser ... auf San Lorenzo ... dieser ...«

»Sabine Huber«, sagte ich.

»Ja, Sabine Huber und solchen Leuten gebe ich sicherheitshalber nur meine Institutsadresse.«

Als ich erwachte, standen sechs Ärzte um mich.

»Uff«, sagte einer der Ärzte, »das war hart an der Grenze.« Ein anderer sagte: »Alles klar. Übermorgen fliegt er raus, die Dame mit der Nierentuberkulose braucht das Bett.«

Die Ärzte gingen, ich war alleine in meinem Krankenhauszimmer und versuchte, meine Gedanken zu ordnen. Was war passiert? Warum war ich hier? Ich hatte mein Gedächtnis verloren. Zwanzig Minuten wälzte ich mich ergebnislos in den Kissen, da bereitete eine Krankenschwester, die sich mit einem Fieberthermometer meinem Bett näherte, dem Spuk ein plötzliches Ende.

»Grüß Gott«, sagte sie, »ich soll Ihre Temperatur messen und Sie fragen, ob Sie zum Abendbrot lieber Wurst oder Käse möchten?«

»Käse«, stammelte ich, »alles Käse. Wer bist du?«

Die Schwester machte einen Knicks und sagte: »Ich bin Schwester Sabine.«

Ich schoß wie eine Rakete aus dem Bett und hatte mein Gedächtnis wieder. Diese Sabine war natürlich nicht jene Sabine, aber die zufällige Namensgleichheit war Ursache meiner schlagartigen Gesundung. Den Rest der Nacht verbrachte ich in einer Kneipe in der Nähe des Bahnhofs, am nächsten Morgen ging ich nach Hause, formulierte das Kündigungsschreiben an MacLarrick und packte die Koffer.

Es gab zwei Möglichkeiten, entweder hatte Sabine Huber, nachdem sie das Geld von MacLarrick erhalten hatte, das Interesse an ihrem Vater verloren und ist auf San Lorenzo geblieben, oder sie hatte sich tatsächlich auf die Suche nach ihrem Vater gemacht, wobei es für meine Zwecke belanglos blieb, ob sie ihn gefunden hatte oder nicht, mich hatte nur zu interessieren, ob sie inzwischen verheiratet war, in diesem Fall stünden nicht nur meine Chancen bei ihr schlecht, es sei denn, sie führte eine unglückliche Ehe, sondern meine Suche nach ihr würde erheblich erschwert werden, denn eine Miss Sabine Huber ist immerhin noch leichter aufzutreiben als eine, sagen wir, Mrs. Smith geborene Huber. Natürlich war es auch nicht ausgeschlossen, daß Sabine Huber sich auf San Lorenzo verehelicht hatte, was aber für meine Suchaktion, angesichts der geringen Einwohnerzahl San Lorenzos, kein ernsthaftes Hindernis sein könnte. Ich würde zuerst in besagter Hotelbar nachfragen, dann auf den drei Standesämtern der Insel, und ich würde alle Informationen haben, die ich brauchte.

Zu den Standesämtern mußte ich nicht gehen, da ich bereits in der Hotelbar erfuhr, daß ›Miss Biene‹ schon vor

Jahren in die USA ausgewandert sei, um ihren Vater zu suchen.

»Hab' ihr mal 'nen Heiratsantrag gemacht«, sagte der Barkeeper, ein übellauniger Mitfünfziger. »Wär' ihre letzte Rettung, hab' ich gesagt, erst wollte sie, aber dann hatse Geld bekommen, weiß auch nicht, wie se das geschafft hat, massenweise Zaster, erst von 'nem Plantagenbesitzer aus Brasilien, dann von einem pensionierten, englischen Minister und dann noch von einem Deutschen, der behauptete, der Papst zu sein.«

»Der Papst?«, fragte ich erstaunt.

»›Der Papst des geschriebenen Wortes‹ nannte er sich«, sagte der Barkeeper.

Ich lächelte wissend.

»Haben Sie zufällig noch ein Foto von Sabine?«, fragte ich den Barkeeper.

»Nee«, sagte er. »Doch, wartense mal.« Er ging in die Küche und kam mit einer ungekochten Spaghetti zurück. Damit kramte er unter dem knappen Zwischenraum zwischen Kasse und Theke. Es gelang ihm, zwei Dollarnoten, ein Glückwunschtelegramm, ein Päckchen Hasch und das gesuchte Foto hervorzukramen. Es war ein Gruppenfoto, Sabine Huber stand in der hintersten Reihe, ihr Gesicht war leider vom Arm eines winkenden Mexikaners verdeckt.

»Sonst keine Fotos?« fragte ich.

Der Barkeeper schüttelte den Kopf. Ich zahlte und begab mich nach New York.

Mein erster Weg führte mich zum Zentralpostamt, in dem sämtliche Telefonbücher der USA ausliegen. Nachdem ich alle Sabine Hubers in meinem Doppelblock notiert hatte, mußte ich feststellen, daß es in den USA 9463

Frauen dieses Namens gab. Ich ging in mein Hotel und war verzweifelt. Ich mußte unbedingt zu Geld kommen, wie anders sollte ich die 9463 Telefonate bezahlen, unter denen nur zwölf Ortsgespräche waren. Gut, *meine* Sabine Huber könnte theoretisch schon die erste oder zweite Telefonpartnerin sein, aber nach der Wahrscheinlichkeitsrechnung waren an die fünftausend Ferngespräche fällig. Bis zum Morgengrauen überlegte ich, doch vergebens. Während der folgenden Tage versuchte ich es mit Alkohol, autogenem Training und Beten, doch ein brauchbarer Einfall blieb aus. Auf dem Weg zum Reisebüro, wo ich den Termin für meinen Rückflug festlegen wollte, reichte mir ein junger Mann einen Flugzettel, den ich gedankenverloren nach flüchtiger Lektüre der ersten beiden Zeilen in meine Manteltasche steckte. Kaum zwei Minuten später blieb ich wie vom Donner gerührt stehen. Ich zog das Flugblatt aus der Tasche und las:

Wir sind Die Kinder des Glücks

Unser Meister, der erleuchtete Mie Goreng Nubnaghmaw . . .

Das war's! Verdammt, da hätte ich weiß Gott schon eher draufkommen können! Ich machte auf dem Absatz kehrt, zerknüllte das Flugblatt und ging zurück zum Hotel. Nie hat mich der Portier die Halle in besserer Laune betreten sehen. Das war's! Eine Sekte gründen!

Zurück zur Natur! lautet die alte, doch unverwüstliche Formel, mit der meine Sekte wirbt. Das erstaunlich schnelle Anwachsen ihrer Anhängerschaft verdankt die Sekte keineswegs, wie man mußmaßen könnte, einer Neuinterpretation der Werke Rousseaus, sondern der wörtlich gemeinten, zum Befehl entarteten Maxime. Jedes Mitglied verpflichtet sich, beim Eintritt in die Sekte alles zu unterlassen, was an typisch menschliche Tätigkeiten und Verhaltensweisen erinnert. Die Mitglieder sollen rein werden, so rein wie die unschuldige Natur, darum müssen sie erst mal ihre Ersparnisse bis zum letzten Cent abliefern. Der höhlenartige Charakter ihrer Unterkünfte, die salzlose, ungekochte Nahrung und der rustikale Umgangston erleichtern es dem Novizen, sich rasch einzugewöhnen. Während der täglichen stundenlangen Konzentrationsübungen werden die Sektenmitglieder angehalten, an nichts anderes als Nahrungssuche (denn nur in den ersten Monaten erhalten sie von der Ordensleitung etwas zu essen), Fortpflanzung und Wärme zu denken. Der Gebrauch von Worten, auch während des Denkens, ist streng untersagt, Kommunikation hat nur mittels knurrender, grunzender, kläffender, krächzender und röhrender Laute sowie einiger Gebärden und schlichter Grimassen stattzufinden. Nach einem guten Jahr schon fangen die Mitglieder an, heimlich und instinktiv kleine Höhlen ins Erdreich zu graben, um einen Vorrat an Körnern und Knochen für die kalte Jahreszeit anzulegen, ein Verhalten, das einige fortgeschrittene, das heißt, stark rückentwickelte Schüler sich allmählich wieder abgewöhnen, um nach den ersten Frosteinbrüchen gleich in einen gesegneten Winterschlaf zu verfallen.

Ich, der erleuchtete Meister, hatte es als erster geschafft, mir am ganzen Körper einen Pelzbesatz wachsen zu lassen. Nachdem sich meine Hände und Füße in Pfoten verwandelt hatten, und ich in der Lage war, mir mit der Hinterpfote ohne Anstrengung die Flöhe vom Ohr zu kratzen, hatte die Sekte einen wöchentlichen Zustrom von tausend neuen Mitgliedern. Das war weniger beunruhigend als der Umstand, daß einige der älteren Mitglieder die erwähnte Metamorphose ebenso erfolgreich durchgemacht hatten wie ich. Da galt es, eine zukunftsweisende Strategie zu entwickeln. Der Pelz fiel mir aus, ich wurde räudig, man sagte allgemein das Ende meiner Karriere voraus, da sprossen die ersten Federn auf meinem Rücken, Hornhaut bildete sich auf meinen zusehends spitzer werdenden Lippen, und schon machte sich eine kleine Schar Anhänger der ersten Stunde auf Verfolgungsjagd, begann zu zwitschern und Eier zu legen. Mein Vorsprung war dahingeschmolzen, ich täuschte Apathie vor, um meine Konkurrenten in Sicherheit zu wiegen, streckte alle zweie von mir. In Wirklichkeit aber unternahm ich, nicht ohne Erfolg, wie ich jetzt schon verraten darf, eine gewaltige, konzentrierte Anstrengung, um, nach einer Periode scheinbaren Versagens, als einwandfreies Reptil die Sekte wieder in den Griff zu bekommen. Nachdem mir das gelungen war, gaben viele meiner Plagiatoren und ehemaligen Mitstreiter auf und starben an der Hühnerpest. Beflügelt von diesem Erfolg wagte ich ein einzigartiges Experiment – ein volles Jahrzehnt würde es in Anspruch nehmen, das war mir klar. Aber es hat sich gelohnt! Meditation und strenge Diät haben das Wunder vollbracht. Ich bin jetzt nicht mehr in dem Höhlentempel anzutreffen, sondern in einem Garten, zu dem nur wenige, ausgewählte Mitglieder meiner Sekte Zutritt haben. Sie verehren und bewundern mich mehr denn je; ich hänge in einem Baum, sie beten mich an, mich, die erleuchtete Tollkirsche. Da hänge ich als kleiner, runder, entrückter und stummer Sektenführer. Neben mir, Wange an Wange hängt, rot und drall wie ich, eine meiner ältesten Anhängerinnen: Sabine Huber.

Werte Redaktion,
Ihr letzter Abenteuerroman hat mir besser gefallen, weil es um ein echtes Liebesdrama ging. Diesmal auch, aber der Schluß ist nicht echt. Ich mag lieber Romane mit echtem Schluß.

Monika M. aus R.

Ich habe fast elf Jahre Sekten in Indien und Kalifornien angehört, aber nie habe ich erlebt, daß ein Sektenführer auch das tut, was er predigt. Schon darum ist Ihr kitschiger Abenteuerroman unglaubwürdig. Ihr Autor hat von Erleuchtung keine Ahnung.

Barbara K. aus H.

Auch ich war einmal Schüler der ›Goldenen Feder‹, aber ich hoffe, etwas mehr gelernt zu haben als Ihr Autor. Die Geschichte ist viel zu umständlich aufgebaut, der Leser erfährt viel zu spät, worum es eigentlich geht. Schon die Anfänger lernen bei der ›Goldenen Feder‹, daß vom ersten Satz an alles klar sein muß. Am ärgerlichsten aber ist der Quatsch mit der Sekte, das kauft dem Autor doch kein Mensch ab. Außerdem, seit wann können Tollkirschen schreiben?

Siegfried L. aus H.

Es gab zwei Möglichkeiten, entweder hatte Sabine Huber, nachdem sie das Geld von MacLarrick erhalten hatte, das Interesse an ihrem Vater verloren und ist auf San Lorenzo geblieben, oder sie hat sich tatsächlich auf die Suche nach ihrem Vater gemacht, wobei es für meine Zwecke belanglos blieb, ob sie ihn gefunden hatte oder nicht, mich hatte nur zu interessieren, ob sie inzwischen verheiratet war, in diesem Fall stünden nicht nur meine Chancen bei ihr schlecht, es sei denn, sie führte eine unglückliche Ehe, sondern meine Suche nach ihr würde erheblich erschwert werden, denn eine Miss Sabine Huber ist immerhin noch leichter aufzutreiben als eine, sagen wir, Mrs. Smith, geborene Huber. Natürlich war es auch nicht ausgeschlossen, daß Sabine Huber sich auf San Lorenzo verehelicht hatte, was aber für meine Suchaktion, angesichts der geringen Einwohnerzahl San Lorenzos, kein ernsthaftes Hindernis sein könnte. Ich würde zuerst in besagter Hotelbar nachfragen, dann auf den drei Standesämtern der Insel, und ich würde alle Informationen haben, die ich brauchte.

Zunächst ging ich in die Hotelbar. Ich setzte mich, nach fünf Minuten kam eine Kellnerin. Ich blickte auf: – Sabine Huber! Schlagartig wurde mir klar, welch erbärmlicher Literat MacLarrick war; zwar hatte ich sie aufgrund seiner Beschreibung erkannt, doch war sie, obgleich neun Jahre ins Land gestrichen waren, von derart überirdischer Schönheit, daß in MacLarricks Schilderung unbedingt die Vokabeln ›Engel‹, ›Fee‹ und ›Märchenprinzessin‹ gehört hätten.

»Bitte?« sagte die Kellnerin.

»Sabine«, hauchte ich, »bringen Sie mir ... eigentlich wollte ich eine Cola ...«

»Eine Cola«, sagte die Kellnerin, »sofort.«

»Nein, warten Sie«, schnaufte ich, »bringen Sie mir zwei Flaschen Rum.«

»Sie nannten mich beim Vornamen und jetzt bestellen Sie zwei Flaschen Rum, habe ich Sie richtig verstanden?«

»Ja«, sagte ich, »Sie haben mich richtig verstanden.« Sabine Huber brachte die zwei Flaschen Rum, hatte sich für den Rest des Abends freigenommen und setzte sich an meinen Tisch.

»Woher wissen Sie meinen Namen?« fragte sie.

»Von MacLarrick«, sagte ich.

»Wie heißt der Kerl?« sagte sie.

»Erich-Eni MacLarrick«, sagte ich. »Aus Deutschland.«

»Der Papst«, gluckste sie.

»Der Papst?« fragte ich erstaunt.

»›Der Papst des geschriebenen Wortes‹ nannte er sich«, sagte sie.

Ich lächelte wissend.

»Er hat Ihnen Geld geschickt«, sagte ich, »damit Sie Ihren, damit du deinen Vater suchen kannst.«

Sabine legte den rechten Zeigefinger auf ihre göttlich schönen Lippen.

Als ich am nächsten Mittag in meinem Hotelzimmer aufwachte, wußte ich nicht mehr, wie ich ins Bett gekommen war. Ich versuchte, ein paar dumpfe Erinnerungssplitter zu ordnen. Sabine hatte sich in der Bar kichernd gegen meine ersten Annäherungsversuche gewehrt, dann haben wir uns wieder, wenn ich nicht irre, vor der Toilette getroffen und sind entweder in die Bar zurück oder auf mein Zimmer gegangen, vermutlich letzteres, da meine Kleidung säuberlich über dem Stuhl vor dem Schreibtisch hing. Verzweifelt versuchte ich mich zu erinnern. Ich knüllte das Kopfkissen zurecht, als Sabine Huber in mein Zimmer trat und ein Tablett mit einem gewaltigen Frühstück vor sich hertrug. Cornflakes, eine Fünfliterkanne voll Kaffee, einen Eimer, der den Saft hundertzwanzig ausgepreßter Orangen enthielt, sechzehn Spiegeleier, mehrere Kilo hausgemachter Marmelade und einen batteriebetriebenen Toaströster, der alle zwölf Sekunden eine Salve total verkohlter Weißbrotscheiben ausspie.

Sabine setzte sich auf meinen Bettrand.

»Du hast mir versprochen, MacLarrick nichts zu verraten«, sagte sie.

»Ehrensache«, sagte ich.

Sie sah mich mißtrauisch an.

»Weißt du, wovon ich rede?«, sagte sie.

»Habe ich dir einen Heiratsantrag gemacht?«, sagte ich.

»Das auch«, sagte Sabine Huber, »und meine Antwort war nein.«

»Warum?« sagte ich. »Ich liebe dich.«

»Ich bekomme jede Woche einen Heiratsantrag«, sagte sie, »und ich sage immer nein, mit der Begründung, ich müsse erst meinen Vater finden. Dann zahlen sie gewöhnlich. Aber du hast gesagt, du könntest mir kein Geld geben, du seist zu arm. Stimmt das?«

»Ja«, sagte ich.

»Mein Vater«, sagte sie, »ist der Portier, das heißt, eigentlich ist er der Besitzer, der Chef, das Hotel gehört uns zusammen. Wir teilen die Einnahmen. Den Männern, die mich heiraten wollen, erzähle ich den Blödsinn von der Wäschereibesitzerin aus Fürstenfeldbruck und dem verschollenen Vater. Die Männer zahlen gut, auch MacLarrick zahlt gut. Du hast versprochen, nichts zu verraten.«

»Und was hast du mir dafür versprochen?« fragte ich.

»Vier ungestörte Wochen mit mir«, sagte sie.

»Ach ja«, sagte ich und starrte sie entgeistert an.

Das Meer rauschte, die Sonne schien, Sabine Huber

zog ihre Schürze aus, der glücklichste Monat meines Lebens nahm seinen Anfang.

Seit drei Jahren bin ich verheiratet, meine Frau heißt Sabine und ist eine geborene Huber. Sie kocht und putzt, will keine Kinder, sie ist die perfekte Haus- und Ehefrau. Wenn ich nachts an meiner Autobiografie schreibe, kocht sie mir Kaffee. Sie ist nicht sonderlich hübsch, und ich wäre jetzt noch mit ihr zufrieden, wenn sie mich nicht vor einer halben Stunde vergiftet hätte.

Ich muß mich kurz fassen, denn ich habe noch höchstens zwanzig Minuten zu leben, meine Füße und Waden sind bereits kalt und taub. Meine Frau hat heute Nachmittag meinen Schreibtisch abgestaubt, dabei fielen ihr obige Aufzeichnungen in die Hände, und sie hat sie gelesen.

»Schatz«, sagte sie während des Abendessens, »warum hältst du dich nicht an die Wahrheit? Ich bin nicht halb so schön wie du mich beschreibst, und außerdem haben wir uns nicht auf San Lorenzo, sondern in Stralsund kennengelernt, ganz zu schweigen von der albernen Geschichte mit . . .«

»Ich weiß«, sagte ich, »mir ist einfach die Phantasie durchgegangen.«

»Hast du mir etwas zu erzählen?« sagte sie.

Ich saß in der Klemme.

»Du vertraust mir doch?« sagte ich.

»Natürlich«, sagte sie.

»Diese Sabine Huber auf San Lorenzo gibt es wirklich«, sagte ich. »Und die vier glücklichen Wochen habe ich auch tatsächlich mit ihr verbracht. Aber heiraten wollte sie mich nicht. Ich war so unglücklich, daß ich an Selbstmord dachte. Wieder in Deutschland, suchte ich verzweifelt eine Frau, die *irgend etwas* mit Sabine Huber gemeinsam hat, die Haut- oder Haarfarbe, die sanfte, etwas verrauchte Stimme, den müden Augenaufschlag – dann fand ich dich, du hattest den Namen mit ihr gemein.«

Meine Frau starrte mich an. Eine Ewigkeit.

»Was ist los?« sagte ich, »wir sind doch glücklich, ich meine . . .«

Ich schwieg. Meine Frau fuhr fort, mich anzustarren. Ich wußte mir keinen Rat. Jedes Argument, jedes Wort wollte jetzt wohl erwogen sein. Da hatte ich eine brauchbare Idee, wie ich die ganze Affäre zu einer harmlosen Bagatelle würde umfunktionieren können.

»Hör mal zu«, sagte ich lächelnd . . .

»Schon gut«, sagte sie. »Geh in Dein Arbeitszimmer und schreib an deiner Autobiografie weiter. Wir sprechen dann noch miteinander.«

Wir sprachen miteinander, und mir wurde klar, daß ich diesen Kaffee nicht hätte trinken sollen.

Als Sabine ihren toten Mann neben dem Schreibtisch liegen sah, hatte sie auf einmal ein furchtbar schlechtes Gewissen und fing bitterlich zu weinen an.

»Verdammt«, schluchzte sie, »das hätte ich nicht tun sollen.«

Erst im Morgengrauen fand sie ein wenig Schlaf. Um neun Uhr stand sie auf und begab sich in ein Beerdigungsinstitut. Es sollte eine schöne, eine bombastische Beerdigung werden. Wenn später nicht alles so klappte, wie Sabine es angeordnet hatte, so ist die Schuld nicht bei den fleißigen Organisatoren zu suchen, sondern dem Umstand zuzuschreiben, daß zu den knapp dreißig geladenen Gästen noch circa zweitausend ungeladene Personen an der Zeremonie teilnahmen. Butler, Schriftsteller und Kulturphilosophen aus allen Teilen Europas und der Karibik waren gekommen, um dem Verstorbenen die letzte Ehre zu erweisen. Allein MacLarrick hatte unzählige Anhänger und Bewunderer mitgebracht. Kurz nach Sonnenaufgang hatten die Festlichkeiten begonnen, sie endeten bei Sonnenuntergang. Man trank grauenerregend. Die Polizei schlichtete fünfzig Schlägereien und verhaftete sechzig Personen. Niemand hatte daran gedacht, die Reihenfolge der Redner festzulegen, weswegen manchmal mehrere Redner gleichzeitig ihre Ansprachen hielten. Einige Redner versuchten, ihren Worten mehr Gewicht zu verleihen, indem sie mit geballter Faust auf den Sarg schlugen. Bei Sonnenuntergang formierte sich eine lange Prozession, die von mehreren Blaskapellen angeführt wurde. Der Musik folgten sechs stockbetrunkene Sargträger, die alle Mühe hatten, ihrer Aufgabe gerecht zu werden. Langsam näherte sich der Zug dem Mausoleum, einem eindrucksvollen, mit Goldbronze angestrichenem Bauwerk, das gerade noch rechtzeitig fertig geworden war. Dort angekommen, mußten die Sargträger feststellen, daß die Tür um einiges zu klein geraten war. Sie gingen zu Boden und robbten auf allen Vieren, den Sarg auf ihren Rücken, ins Innere der geweihten Stätte. So wurde dieser unglückliche Literat zu Grabe getragen. Die Trauergäste versuchten noch, einen Choral anzustimmen, dann gingen sie zu den Bus- und Straßenbahnhaltestellen und fuhren nach Hause oder zum Bahnhof.

Sabine war stolz und traurig zugleich. Einerseits hatte sie sich nicht träumen lassen, daß ihr Mann so irrsinnig populär war, beinahe war sie froh, ihn ermordet zu haben, sonst hätte sie es vielleicht nie erfahren, andererseits hatte der unerwartet heftige Gästeandrang einige Bewirtungsprobleme aufgeworfen, deren Bewältigung ins Geld lief. Zentnerweise mußten Würste und Brathähnchen herbeigeschafft werden, und ein angesehener Blitzservice half in letzter Sekunde mit mehreren Tankwagen alkoholischer Getränke aus. Sabine war traurig, weil sie nun keine Ersparnisse mehr hatte.

»Jedes Jahr ziehen sich ein paar tausend Menschen während der Haushaltsarbeit tödliche Verletzungen zu. Man rutscht mit dem Dosenöffner aus und schlitzt sich die Pulsader auf, man stolpert beim Aufräumen über die Telefonschnur und bricht sich das Genick, man repariert die Nachttischlampe, schon ist es passiert oder ein falscher Handgriff und der Schnellkochtopf explodiert. Und was soll ich sagen, meine Frau steht auf dem Fensterbrett und putzt das Fenster meines Arbeitszimmers und schwupps – wir wohnten im 16. Stock. Aber Sie müssen mir glauben, es war ein Unfall.«

»Wie könnte ich daran zweifeln?« sagte Sabine, geborene Huber.

Das Mausoleum meiner Frau liegt unmittelbar neben dem von Sabines Mann. Sonntags treffen wir uns immer, Sabine und ich, wenn wir in den Blumenbeeten vor den Mausoleen Unkraut rupfen. Dieser Friedhof gilt als einer der gepflegtesten der Stadt. Es ist ein moderner Friedhof, dessen Gräber nicht altmodische Grabsteine zieren, sondern Mattscheiben, auf die Videogeräte markante Szenen aus dem Leben des oder der Verstorbenen überspielen. Da die Friedhofsverwaltung jede Zensur strikt ablehnt, kann man an manchen Gräbern Filme von schamlosester Obszönität sehen.

»Was ich Sie schon lange fragen wollte«, sagte Sabine eines Sonntags, »leben Sie eigentlich noch immer in der Wohnung im 16. Stock?«

»Ja«, sagte ich. »Und ich hätte Sie schon längst eingeladen, wenn nicht seit Monaten der Lift kaputt wäre. Dieser Hauswirt tut nichts, absolut nichts. Aber mir kann's egal sein, ich ziehe sowieso aus.«

»Von diesen Hauswirten kann ich ein Lied singen«, sagte Sabine, »bei mir ist schon seit einem Jahr ein feuchter Fleck an der Küchendecke. Ich habe dem Eigentümer bereits fünfmal geschrieben, aber glauben Sie, der Kerl rührt sich?«

»Alles Gangster«, sagte ich, »allesamt.«

»Wir kennen uns jetzt ein halbes Jahr«, sagte Sabine, »ich schlage vor, daß wir uns weiterhin siezen, bis wir den Schmerz verwunden haben.«

»Das ist eine hervorragende Idee«, sagte ich und richtete mich auf. Ich ging zum Nachbarbeet und schüttelte Sabine die Hand. »Dieses Unkrautrupfen ist ganz schön anstrengend, mein Kreuz tut weh wie verrückt.«

»Ich ertrage die Schmerzen gerne«, sagte Sabine, »ich denke dabei an meinen verstorbenen Mann, und das gibt mir Kraft. Warum möchten Sie eigentlich ausziehen? Der Lift muß doch mal repariert werden.«

»Es geht nicht um den Lift«, sagte ich. »Die Wohnung ist voller Erinnerungen an meine Frau, das quält mich. Die Fensterbank, von der sie abstürzte, habe ich mit einem gerahmten Foto von ihr, zwei Bienenwachskerzen, ihrem ausgestopften Wellensittich und einem Kruzifix geschmückt. Ein richtiger kleiner Altar. Aber es weckt

Erinnerungen, schöne Erinnerungen und die stimmen mich melancholisch.«

»Da bin ich ganz anders«, sagte Sabine, »ich gehe jeden Tag mindestens fünfmal durch die Wohnung und sauge die Erinnerungen an meinen Mann förmlich ein, das gibt mir Kraft. Seinen Schreibtisch habe ich gelassen wie er war. Links der Marmoraschenbecher in Form der Insel San Lorenzo, dahinter unser Hochzeitsfoto und eine leere Rumflasche, rechts die säuberlich gespitzten Bleistifte und in der Mitte das Manuskript seiner Memoiren.«

»Teufel, ich wollte, ich wäre wie Sie«, sagte ich. »Aber ich schaff' das einfach nicht. Ich brauche nicht nur eine neue Wohnung, sondern auch eine komplette neue Einrichtung. Der Staubsauger, die Kochtöpfe, alles atmet ihren Geist, es ist einfach nicht auszuhalten, vor allem nicht, wenn man eine so glückliche Ehe geführt hat wie ich.«

»Denken Sie vielleicht, meine Ehe sei weniger glücklich gewesen?« giftete Sabine. »Da huste ich Ihnen was. Ich war womöglich doppelt und dreifach so glücklich wie Sie. Ich brauche keine neue Wohnung, keine neue Einrichtung, ich fühle mich noch immer mit meinem Mann verheiratet. Jeder Sessel, in dem er sich gewälzt hat, ist mir heilig.«

»Ist ja gut«, sagte ich. »Was ich sagen wollte, war doch nur, daß jeder anders auf den Verlust seines Glücks reagiert.« Sabine rupfte einen Büschel Löwenzahn aus.

»Natürlich«, sagte sie. »Ich wollte Ihnen nicht weh tun, ich hab's nicht so gemeint.«

»In Ordnung, Sabine«, sagte ich. »Würden Sie mir bitte helfen, meine grüne Gärtnerschürze auszuziehen, ich habe die Bänder derart idiotisch hinten verknotet, daß ich sie nicht mehr auf bekomme.«

Sabine warf ihr Eimerchen und ihr Schäufelchen beiseite, stellte sich hinter mich und entknotete die Schürzenbänder. »Das wäre geschafft«, sagte sie.

Ich drehte mich blitzschnell um, wir standen einander gegenüber – so nah wie noch nie. Ich weiß nicht mehr, wessen Lippen zuerst zu beben anfingen, ich glaube, es waren meine. Wie dem auch sei, es folgte ein endloser und leidenschaftlicher Kuß, wie er manchmal in Filmen zu sehen ist und jeden Kinobesucher anödet.

»Ausgerechnet hier«, sagte Sabine, als wir fertig waren. »Ich habe auch ein schlechtes Gewissen«, sagte ich. »Meine Frau sitzt vielleicht im Himmel und sieht uns zu.«

»Quatschkopf«, sagte Sabine und ging zurück zu ihrem Beet. Sie räumte ihre Gärtnerutensilien zusammen und sah auf die Uhr. »In einer Viertelstunde machen sie zu. Wir müssen uns beeilen. Die Friedhofswärter hier sind verflucht pünktlich.«

»In anderen Ländern nimmt man das nicht so genau«, sagte ich, »obwohl es da auch Ausnahmen gibt. So wollte ich mal mit dem Bus von Madrid nach Granada fahren. Der Bus sollte um sechs Uhr früh abfahren. Na, dachte ich, die Spanier und die Pünktlichkeit, das ist so ein Kapitel für sich. Ich hab' mir ordentlich Zeit gelassen und war zehn Minuten zu spät an der Bushaltestelle, und was meinen Sie ...?«

»Packen Sie endlich Ihr Zeug zusammen«, sagte Sabine, »ich habe keine Lust, wegen Ihres Getrödels die Nacht auf dem Friedhof zu verbringen. Ihre Busfahrt nach Granada können Sie mir auch noch später schildern.«

»Von wegen«, sagte ich, »aus der Busfahrt wurde ja nichts, weil ich zehn Minuten zu spät war.«

Wir gingen zu Sabine. Sie war Hauptmieterin einer geräumigen und geschmackvoll eingerichteten Wohnung. Der Schirmständer in der Garderobe war eine exakte, wenn auch stark verkleinerte Nachbildung des Mausoleums ihres Mannes. Wohn- und Eßzimmer waren gemütlich in altdeutsch gehalten. Im Arbeitszimmer hing ein riesiges Foto von einem Hotel, das zwischen einer Autobahn und einem Zementwerk errichtet worden war. Auf dem Schreibtisch lag das unvollendete Manuskript der Memoiren.

»Seltsam«, sagte ich, »die letzte Seite bricht mitten im Satz ab.«

»Das ist die vorletzte Seite«, sagte Sabine, »die letzte Seite habe ich weggeschmissen, das war keine gute Literatur mehr.«

Ich griff in meine Hosentasche und zog ein zerknülltes Papier hervor, das ich, so gut es ging, glättete, um es dann Sabine, geborene Huber zu zeigen, wobei ich mich eines überlegenen Lächelns nicht enthalten konnte.

»Ist das die letzte Seite?« fragte ich.

Sabine wurde, wie es in Erzählungen dieser Art gerne gesehen wird, auf der Stelle ohnmächtig. Als sie erwachte, hielt ich ihr meinen Ausweis vor, der mich als Privatdedektiv Hugo Stenzel identifizierte. Sabine sah mich eiskalt an, dann lachte sie hysterisch.

»Sie Schwachkopf«, rief sie, »das ist doch alles nur Phantasie, mein Mann hat sich die ganze Geschichte von der ersten bis zur letzten Seite ausgedacht, er war nie Schüler der ›Goldenen Feder‹, diesen MacLarrick gibt es gar nicht, und wenn Sie meinen Mann gekannt hätten, wüßten Sie, daß er keinen Tag fähig gewesen wäre, den Beruf eines Butlers auszuüben.«

»Und warum haben Sie dann die letzte Seite in die Mülltonne gestopft?«

»Um den Ruf meines verstorbenen Mannes zu retten. Diese letzte Seite war schlechte Literatur.«

»Irrtum«, sagte ich, »das ist waschechte Autobiografie. Meine Nachforschungen schließen jeden Zweifel aus. Ihr Mann war jahrelang Schüler der ›Goldenen Feder‹, er war auch auf San Lorenzo, wo es eine gewisse Sabine Huber gibt, übrigens ein zauberhaftes Geschöpf.«

»Ich mach' uns jetzt erst mal einen Tee«, sagte Sabine und begab sich in die Küche.

Nach einer Viertelstunde kam Sabine zurück, deckte den Tisch und tat, als sei nichts gewesen. Wir tranken Tee.

»Dieses Wetter macht mich noch krank«, sagte sie. »Ich freue mich auf den Sommer.«

»Ich weiß nicht, ob Sie allzuviel vom Sommer haben werden«, deutete ich vorsichtig an.

»Wenn es regnet, nicht«, sagte sie, »da ich mir eine Reise zur Zeit nicht leisten kann.«

»Ich hatte das etwas anders gemeint«, sagte ich.

»Da fällt mir ein«, sagte sie, »ich habe eine gute Nachricht für Sie. Ihr Lift geht wieder. Reichen Sie mir doch mal bitte meine Handtasche.«

Die Handtasche lag neben meinem Sessel. Ich gab sie ihr. »Der Lift?« fragte ich. »Unmöglich. Als ich mich heute zum Friedhof aufmachte, bin ich die sechzehn Treppen gelaufen.«

»Wäre nicht nötig gewesen«, sagte Sabine. »Sie hätten nur auf den Knopf zu drücken brauchen. Der Lift ging bereits am Freitag wieder.«

»Ach, tatsächlich?!« sagte ich. »Und woher wollen Sie das wissen?«

»Ich war am Freitag in Ihrer Wohnung. Sie sollten sich, nebenbei gesagt, ein Sicherheitsschloß leisten.«

»Und was haben Sie in meiner Wohnung getan?«

»Ich habe die Fensterbank Ihres Arbeitszimmers untersucht und deutliche Spuren von Schmierseife feststellen können.«

Sie öffnete ihre Handtasche und holte einen Ausweis hervor, der sie, Sabine, als die gefürchtete Privatdedektivin, geborene Huber identifizierte. Ich sah sie eiskalt an, dann lachte ich hysterisch.

»Und was machen wir jetzt?« fragte ich, nachdem ich mich erholt hatte.

»Wir haben beide ...«, sagte Sabine, »möchten Sie noch etwas Tee?«

»Ja, gerne«, sagte ich.

»Wir haben beide«, fuhr die Privatdedektivin fort, »einen beruflichen Erfolg zu verzeichnen, der nicht von Pappe ist und den wir unter keinen Umständen gefährden dürfen. Gell?«

»Könnte sein«, sagte ich.

»Ich rufe jetzt die Polizei an«, sagte Sabine, »und bitte darum, Sie zu verhaften, dann werde ich Ihnen die Strippe kollegial weiterreichen.«

Sabine ging zum Telefon und wählte die Nummer des nächstgelegenen Polizeireviers.

»Scheiße, besetzt«, sagte sie.

Sie wählte die Nummer noch an die zwanzigmal, aber ohne Erfolg.

»Lassen Sie mich mal«, sagte ich, »ich probier' es bei meinem Revier.«

Ich wählte die Nummer.

»Auch besetzt«, sagte ich. »Was machen wir jetzt?«

»Hat Zeit«, sagte Sabine. »Ich hab' noch drei Flaschen Sekt im Kühlschrank – wenn Sie einverstanden sind ...«

Wir hatten den Sekt noch nicht halb geleert, da stand ich schon wieder am Telefon und wählte eine Nummer.

»Was soll das?« fragte Sabine.

»Was brauchen wir die Polizei, Frau Kollegin?«, sagte ich. »Wir können doch ebensogut die Staatsanwaltschaft verständigen. Ich rufe meinen Freund, den Staatsanwalt Uli Baltzer an, er wird ... verdammt, es läutet und läutet, der Kerl ist nicht zu Hause.«

Sabine riß mir den Telefonhörer aus der Hand.

»Herr Flu wird uns helfen«, rief sie, »mein Freund, der Staatsanwalt Herr Flu.«

Sie wählte die Nummer, das Ergebnis war deprimierend, der Staatsanwalt Herr Flu war entweder nicht zu Hause oder er hatte den Hörer ausgehängt, vielleicht um ungestört ein gutes Buch lesen zu können.

Wir tranken den restlichen Sekt, morgen ist auch noch ein Tag, allemal gut genug für unsere gegenseitigen Verhaftungen, zumal wir beide Festnahmen zu nachtschlafener Stunde nichts abgewinnen konnten.

Zu Hause angekommen – der Lift funktionierte tatsächlich – durchwühlte ich die Küche nach einem Stück Schmierseife, das zweifellos meine Fingerabdrücke aufwies. Das Stück Schmierseife war verschwunden. Ich packte.

Die Maschine sollte um 8 Uhr 15 abheben, doch verzögerte sich der Start, da ein Fluggast noch fehlte. Ein paar Großindustrielle, Sektenführer und Zahnärzte spieen Feuer und Galle wegen des Zeitverlustes, da toste ein mit

Elektronteletüten gespeistes Motorrad in Lichtgeschwindigkeit zur Gangway. Die Bremsspur war sechs Kilometer lang und sonderte noch Tage danach winzige, atompilzförmige Wölkchen ab. Der späte Gast wurde von der Mannschaft mit üblen Beschimpfungen empfangen und zur Strafe für sein Zuspätkommen mit Fausthieben und Fußtritten zu seinem Platz geleitet, dem einzig freien Platz, dem Platz neben mir.

Ich blickte hoch – Sabine, geborene Huber!

»Das war knapp«, keuchte sie und ließ sich auf ihren Sitz fallen. »Sieh an, wen haben wir denn da? Auch auf der Flucht?«

Ich nickte.

»Wissen Sie zufällig, wohin wir fliegen?« fragte sie.

»Keine Ahnung«, sagte ich. »Es war jedenfalls der einzige Flug, der noch nicht ausgebucht war.«

»Wir werden es früh genug erfahren«, sagte Sabine. »Hoffentlich geht die Reise nicht nach San Lorenzo, ich habe keine Lust, dieser blöden Ziege Sabine Huber über den Weg zu laufen.«

Der Pilot setzte zum Start an. Das Flugzeug bäumte sich wütend auf, tat einen gewaltigen Satz nach vorn und raste in mörderischem Tempo über die Startbahn. Es stieg nicht steil genug in die Lüfte empor, weswegen seine Tragflächen ein halbes Dutzend Schornsteine und Dachgiebel abrasierten.

»By the way«, sagte Sabine in akzentfreiem Englisch, »haben Sie die Zeitung vom Wochenende gelesen?«

Ich verneinte. Sabine reichte mir ihr Exemplar, das auf der Romanseite aufgeschlagen war: Ein Vorabdruck aus den Memoiren von Sabines verstorbenem Mann, und zwar fast alle Kapitel, die von Sabine Huber handelten.

»Ausgerechnet diese Kapitel haben sie ausgewählt«, sagte sie bitter.

Durch den Flugzeuglautsprecher ertönte ein Trompetensignal, das die Stimme des Kapitäns ankündigte.

»Ich bin Kapitän Gordon und begrüße Sie im Namen meiner Mannschaft und heiße Sie an Bord willkommen. Ich hoffe, daß wir alle einen angenehmen Flug nach Mallorca haben werden und daß wir einigermaßen pünktlich und ohne Notlandungen ankommen. Ich habe Gründe, Sie zu bitten, während der gesamten Flugdauer angeschnallt zu bleiben.«

Die Stewardessen reichten eine kräftigende Mahlzeit. Es gab eine Tasse angebrannter Ochsenschwanzsuppe, eine glitschige Bratwurst und zum Nachtisch einen Klacks Karamelpudding, der nach Fensterkitt schmeckte.

»Uganda«, sagte Sabine und spuckte ihren Karamelpudding aus, »Mallorca, warum eigentlich nicht?«

Auf ein unsichtbares Signal hin erhoben sich zwanzig Männer, traten in den Flur und zogen Trommelrevolver sowjetischer Bauart. Zwei Männer verschwanden im Cockpit. Nach fünf Minuten kehrte einer der beiden wieder zurück und gab eine Erklärung ab: »Wir sind Mitglieder der ›Revolutionären Kinder Jesu‹ und möchten die Weltöffentlichkeit auf unsere Ziele aufmerksam machen. Wir haben den Kapitän soeben gezwungen, Kurs auf San Lorenzo zu nehmen.«

»Scheiße!« rief Sabine, die voll damit beschäftigt war, ihre Bratwurst zu verdauen.

»Auch du wirst verdammt sein«, fuhr der Mann fort und wandte sich an Sabine, »auch du wirst verdammt sein, wenn du dich von Jesus nicht retten lassen willst.

– Der Flug nach San Lorenzo dauert neun Stunden. Wir haben also genug Zeit für etwas kollektive Bibelkunde.«

»Auch das noch«, stöhnte Sabine.

Nach und nach steckten die Männer ihre Trommelrevolver fort, um sie gegen Dünndruckausgaben des Neuen Testaments einzutauschen. Ich nickte ein, im Halbschlaf vernahm ich Wörter wie: Sünde ... Seligkeit ... Liebe ... Verdammnis ... Gnade ... gnadenlos ... Paradies ...

Als ich erwachte, hatte die Situation sich zwar nicht grundlegend verändert, aber die Privatdedektivin Sabine war nicht untätig gewesen und hatte eine interessante Neuigkeit parat. Die zwanzig Männer waren nicht Mitglieder der ›Revolutionären Kinder Jesu‹, zumal es eine Organisation dieses Namens nicht gab, sondern bildeten eine Gruppe verarmter Junggesellen, die in der Zeitung vom Wochenende über Sabine Huber gelesen hatten und so preiswert wie möglich nach San Lorenzo zu kommen trachteten, um Sabine Huber zu heiraten. Jeder fühlte sich als Favorit.

Wieder kamen die Stewardessen und servierten eine neue kulinarische Kostbarkeit. Schlafende Fluggäste weckten sie mit Karateschlägen in die Nieren. Vor Schmerz aufjaulend nahmen die Passagiere das Tablett entgegen, auf dem ein Huhn von derart unbeschreiblicher Zähigkeit lag, daß die Reisenden bis zur Landung auf San Lorenzo genug zu tun hatten. Sabine fluchte Stein und Bein; um sie zu beruhigen, erzählte ich ihr eine Albert-Schweitzer-Anekdote. Albert Schweitzer reiste, ob Bahn, ob Schiff immer nur dritter Klasse. Einmal von einer aufdringlichen Dame gefragt, warum er nur dritter Klasse reise, antwortete der Philosoph und Urwalddoktor schlagfertig: ›Weil es keine vierte Klasse gibt.‹ Wenn

Doktor Schweitzer vom Elsaß nach Afrika fuhr, wählte er nicht nur die billigste Reisemöglichkeit, er schleppte auch noch eigenhändig zentnerweise Medikamente und Partituren mit, ein Unterfangen, das jedesmal unmenschliche Kraft kostete und das er ohne den Glauben an die gute Sache und ohne seine eiserne Konstitution durchzuführen nicht imstande gewesen wäre.

Albert Schweitzer war alles andere als ein Faulpelz. Er stand um sechs Uhr auf, nach kaum dreißig Minuten hatte er die Morgentoilette vollendet, als Frühstück gönnte er sich nur eine Tasse lauwarmer Kokosmilch. Dann setzte er den Tropenhelm auf und ging in sein Sprechzimmer, wo er bis in die späten Abendstunden die Neger gesund machte. Das Mittagessen bestand immer aus zwei Bananen, die er hastig verschlang, ohne dabei die jeweilige Behandlung zu unterbrechen. Wenn er dann zu therapeutischen Zwecken zufällig beide Hände benötigte, ließ er die Banane zwischen den Zähnen stecken, die viergeteilte Schale schlapperte vor seinem Hals. Leider hat es Doktor Schweitzer nie zugelassen, ihn in solchen Situationen zu fotografieren. Lange nach getaner Arbeit, die Sonne hatte sich schon längst aus Lambarene zurückgezogen, da sie damit beschäft war, in New York ein tadelloses Abendrot herzustellen oder in Japan mit den ersten Strahlen die Kirschblüten zu vergolden, lange nach getaner Arbeit aß Herr Schweitzer einen Teller Haferflocken, dann setzte er sich an seine schauerlich verstimmte Tropenorgel, einem Geschenk des Evangelischen Hilfswerks, und spielte bis Mitternacht Fugen von Johann Sebastian Bach. Schon der erste Akkord brachte die Patienten in den Bambussälen nebenan zur Raserei. Hatte Albert Schweitzer erst einmal angefangen, Tropenorgel zu spielen, war an Schlaf nicht mehr zu denken.

»Aufhören!« brüllten die kranken Äquatorialafrikaner.

»An den Marterpfahl mit ihm!« sekundierten andere.

Die Schwestern gingen mit Tabletts von Bett zu Bett und verteilten ölgetränkte Wattebäuschchen, die sich die Patienten gierig in die Ohren stopften. Aber das half nun auch nichts mehr, denn Albert Schweitzer geriet immer mehr in Fahrt.

»Die Fugen von Bach haben es in sich!« lachte er und griff mit brutaler Freude in die Tasten.

Ich hörte geduldig zu, obwohl ich mir noch nie etwas aus klassischer Musik gemacht habe. (Inzwischen verstehe ich etwas mehr davon.) Albert Schweitzer wirkte sehr konzentriert. Während der dritten Fuge ließen seine Kräfte nach und die vierte Fuge spielte er nicht einmal zu Ende. Er war sehr müde und sah mich mit glasigen Augen an.

»Wer sind Sie, was führt Sie zu mir?« sagte er, nachdem er die Noten zugeklappt und einen kräftigen Schluck Kokosmilch aus dem Glas genommen hatte, das auf seiner Tropenorgel stand.

»Mein Name ist Sabine Huber«, sagte ich, »ich stamme aus San Lorenzo, wo ich zusammen mit meinem Vater ein Hotel führte. Vor nicht allzu langer Zeit stürmten 21 Männer und eine Frau in unser Hotel und nahmen es in Beschlag. Die 21 Männer wollten mich heiraten, während die Frau damit beschäftigt war, einen dieser Männer zu verhaften und nach Deutschland ausliefern zu lassen. Da diese Frau zufällig eine Namensvetterin von mir war, und ich ohnehin keine Lust mehr hatte, das Hotel ...«

»Erzählen Sie mir den Rest morgen in der Mittagspause«, sagte Albert Schweitzer, »ich hau mich erst mal hin.«

Er wies mir eine Bambushütte an und begab sich zur Ruhe. In dieser Nacht habe ich schlecht geschlafen. War es richtig gewesen, San Lorenzo, meinen Vater und das ständig wachsende Arsenal verliebter Freier zu verlassen? Es war alles so plötzlich gekommen. Ich sehe es noch genau vor mir, wie einer dieser Flugzeugentführer sich über die Bar lehnte, meinen Arm ergriff und mit sanfter Stimme sagte: »Ich habe zwar wenig Geld, aber wissen Sie, wer mein Vorbild ist?« Er wartete die Antwort nicht ab. »Niemand anderes als Albert Schweitzer.«

»Albert wer?« sagte ich, und er erzählte mir eine geschlagene Nacht lang von dem mildtätigen Wirken dieses einmaligen Elsässers.

Ich weiß nicht mehr, war es kurz vor oder kurz nach meiner Einstellung als Krankenschwester in Lambarene, als ich Albert Schweitzer einmal fragte, warum er den Beruf des Urwalddoktors ergriffen habe? Aber seine Antwort weiß ich noch genau.

»Ach wissen Sie«, sagte er damals, »mit den Menschen ist es wie mit den Autos oder Staubsaugern – Sie können sie verbessern so oft Sie wollen, kaputt gehen sie immer. Erst habe ich Theologie studiert, dann bin ich bescheidener geworden und habe Medizin studiert, um hier in Lambarene so eine Art Reperaturwerkstatt zu eröffnen.«

»Warum ausgerechnet hier?« bohrte ich weiter. »Warum nicht in Europa?«

»Ach wissen Sie«, sagte er, »in Europa ist doch heute nichts mehr zu holen. Die Mediziner verfeinern ihre Methoden von Woche zu Woche. Nehmen Sie nur die Betäubungsmittelindustrie, dauernd wird etwas Neues auf den Markt geworfen, während ich beim guten, alten Chloroform bleibe. In Europa hätte ich nicht einmal eine Anstellung als Assistenzarzt in irgendeinem Provinzkrankenhaus gefunden. Ich bin ein progressiver Orgelspieler, aber ein konservativer Arzt – ich liebe meine alten Skalpelle, Scheren und Nähnadeln. Ich lege Gefühl und Herz in eine Operation, davon will die moderne Wissenschaft nichts hören. Wenn ich guter Laune bin, schneide ich die Bauchdecke auch schon mal ein bißchen weiter auf, bringe noch da und dort einen Schnitt an, um mir anläßlich einer, sagen wir Blinddarmoperation gleich noch die Milz, die Leber und paar Därme anzusehen.«

Heute ist Albert Schweitzer ganz anders. Er beschränkt sich aufs notwendigste, macht winzige Schnitte, kramt notfalls den Blinddarm mit dem Zeigefinger hervor, um möglichst bald wieder in seiner Hängematte verschwinden zu können.

Fast täglich kommen Besucher aus mehreren Kontinenten, um sich Lambarene anzusehen. Allesamt sind sie immer wieder erstaunt, wie neu die Bambushütten aussehen. Die Besucher – Ärzte, Journalisten, Autogrammjäger, Touristen – wissen nicht, daß das gesamte Hospitaldorf alle drei bis vier Monate neu errichtet werden muß. Denn drei- bis viermal im Jahr verglühen die Bambushütten, manchmal brennen sie sogar lichterloh ab. Anfangs glaubte ich an Brandstiftung – es dauerte lange, bis ich die wahre Ursache für die Feuersbrünste erkannte. Inzwischen vermag ich sie sogar vorauszubestimmen. Wenn Albert Schweitzer in seinem Bett liegen bleibt, sich weigert, Operationen durchzuführen oder Tropenorgel zu spielen, wenn seine Augen jenen fiebrigen Glanz annehmen, den nur wenige zu deuten wissen, dann ist es wieder soweit: Albert Schweitzer strahlt sein angesammeltes und nicht in Nächstenliebe umgesetztes Konzentrat an Güte aus, wobei er ein solches Übersoll an glühender Energie aussondert, daß Lambarene regelmäßig abbrennt. Da sind dann alle Hände gefragt, auch die Patienten helfen mit, und in wenigen Tagen ist die Urwaldsiedlung wieder aufgebaut.

Nach langem Zögern habe ich mich nun doch entschlossen, meine Memoiren zu schreiben. Es soll ein Albert-Schweitzer-Buch werden, denn niemand kennt ihn besser als ich. Ehe ich mich jedoch an die Arbeit mache, muß ich die Kunst des Schreibens erlernen. Albert Schweitzer zahlt zwar Löhne, die unter aller Sau sind, dennoch war es mir möglich, ein kleines Vermögen zusammenzusparen, dank der ziemlich beschränkten Einkaufsmöglichkeiten in Lambarene. Ich wußte nie, wofür ich sparen sollte, aber nun weiß ich, wofür ich gespart habe – für einen Fernkurs bei der ›Goldenen Feder‹. Das Geld wird gut angelegt sein. Wenn das Buch über Albert Schweitzer ein Erfolg wird, erhalte ich die Kursgebühren hundertfach zurück. So wie Jesus einmal für gute Taten einen phantastischen Zinssatz im Jenseits versprochen hat. Das sind typische Spekulationen einer frommen Christin, Spekulationen, die ich im Moment der Niederschrift errötend verwerfe. Man muß es mir einfach glauben, es geht mir um eine leicht lesbare und dennoch irgendwie tiefsinnige Albert-Schweitzer-Biografie. Es soll ein durchkomponiertes, atmosphärisches Buch werden.

Sehr geehrte Frau Huber,
Sie sind die geborene Schriftstellerin, wir dürfen Ihnen zu Ihrem Talent gratulieren. Allerdings ist Ihr Stil noch etwas ungeschliffen. Was Aufbau und Komposition betreffen, so haben Sie noch eine Menge zu lernen, wobei wir

Ihnen versichern dürfen, daß unsere Experten äußerst zuversichtlich sind.

Um Ihnen einen ersten, flüchtigen Eindruck von unserer individuellen Lehrmethode zu vermitteln, dürfen wir Ihnen jetzt schon ein paar kritische Anmerkungen zu Ihrem Manuskript übersenden, die eine pädagogisch wertvolle Vertiefung erfahren werden, sobald Sie beiliegenden Coupon ausgefüllt und mit der ersten Rate an uns zurückgeschickt haben.

1) Sie wenden sich viel zu spät Ihrem eigentlichen Thema zu. Der Leser muß von der ersten Zeile an wissen, worum es geht. Vermeiden Sie umständliche Einleitungen und erzählen Sie frisch von der Leber weg.

2) Ist Ihnen aufgefallen, daß Sie »im Eifer des Gefechts« drei Ich-Erzähler zu Wort kommen lassen und Sie von sich selbst mal in der ersten, mal in der dritten Person erzählen? Das hat selbst unsere Experten verwirrt, was Ihnen eine Warnung sein sollte. Der Leser möchte und kann sich nur mit einer Person identifizieren.

3) Wenn Sie eine Biografie über Albert Schweitzer schreiben möchten, eine Idee, zu der wir Sie aufrichtig beglückwünschen dürfen, sollten Sie mit Ihrer ersten Begegnung mit Albert Schweitzer beginnen. Versäumen Sie nicht zu schildern, welch überwältigende Faszination die Persönlichkeit dieses großen Christen auf Sie ausübte. Beschreiben Sie seinen gütigen Blick, sein karitatives Lächeln.

4) Lassen Sie bitte unser Institut aus dem Spiel. Das ist besser für Sie und besser für uns. Ihr künftiger Verleger muß den Eindruck gewinnen, das Manuskript eines Naturtalents in Händen zu halten.

5) Hat Ihr Buch nach Ihrer dreijährigen Ausbildungs-

zeit jenen Grad der Reife erreicht, der es Ihnen gestattet, an die Öffentlichkeit zu treten, sind wir gerne bereit, Sie, gegen Einbehaltung eines kleinen Prozentsatzes Ihres Honorars, einem kompetenten Verleger zu vermitteln.

Mit besten Grüßen
Ihre ›Goldene Feder‹

Noch zwölf Wochen und drei Tage, dann reise ich via Kairo nach Lambarene. Meine Frau, die ehemalige Privatdetektivin Sabine Huber, ahnt nichts. Sie glaubt, ich sei beauftragt, eine Biografie über den Urwalddoktor Albert Schweitzer zu schreiben. Ich habe die frühere Bardame und jetzige Krankenschwester Sabine Huber fast sechs Jahre nicht gesehen. Unsere Korrespondenz war so regelmäßig wie die langsam und schlampig arbeitende afrikanische Post das zuließ. Manchmal gingen Briefe verloren, so daß Mißverständisse nicht ausbleiben konnten. Wir entwickelten eine neue Methode der Korrespondenz, indem wir jeden Brief fünfmal abschrieben und an fünf verschiedenen Tagen in den Briefkasten steckten.

Liebe Sabine,
herzlichen Dank für Deinen Brief vom 2. Oktober. Ich weiß noch nicht genau, wie ich von Kairo nach Lambarene komme. Hoffentlich gibt es eine gute Eilzugverbindung.

Deine Befürchtungen waren vollkommen richtig, meine Frau will sich nicht scheiden lassen. Sehr interessant, was Du über Dr. Schweitzers Forschungen über nicht nachweisbare Gifte schreibst. Teile mir bitte noch einmal genau mit, was er unter Tropenorgelöl versteht, das ich aus Deutschland mitbringen soll? Ich konnte das

Zeug bislang in keiner Musikalienhandlung auftreiben. Ich bin schon gespannt auf Dr. Schweitzers Ausstrahlung, seinen gütigen Blick etc. Manchmal denke ich daran, eine Biografie über Albert Schweitzer zu schreiben. Wir werden viel Zeit haben, darüber zu sprechen.

Bis bald
Dein Ulf

II

Vor langer Zeit hatte ich die Niederschrift eines Romans begonnen, deren Hauptfigur eine gewisse Sabine Huber war. Die ersten dreißig oder vierzig Seiten sandte ich dem Schriftstellerinstitut ›Goldene Feder‹, dessen Schüler ich damals war. Nach zwei Wochen erhielt ich von meinem persönlichen Lehrer eine vernichtende Kritik, in der mir angekreidet wurde, schon auf diesen wenigen Seiten eine verwirrende Vielzahl von Ich-Erzählern eingeführt zu haben. Ich solle mich auf *einen* Ich-Erzähler beschränken, am besten aber nur in der dritten Person schreiben. Ich war derart deprimiert, daß ich nicht die Kraft hatte, den Roman fortzusetzen. Nach einer dreiwöchigen Kur in Bad Wörishofen hatte ich mich soweit erholt, daß ich wieder an eine Schriftstellerkarriere denken konnte und ich faßte den Entschluß, einen schlichten Roman zu schreiben. Ich hämmerte mir noch einmal die Regeln ein, die mir die ›Goldene Feder‹ gegen eine wahnwitzige Kursgebühr vermittelt hatte: wenige, dafür um so interessantere Charaktere; eine übersichtliche, dabei spannende Handlung; eine zeitnahe Problematik von allgemeinem Interesse. Ich begab mich auf Stoffsuche. Ich las die Tagespresse, ging in Gerichtssäle, durchstreifte die abenteuerlichsten Stadtviertel. Zuweilen schmiß ich Lokalrunden in verrufenen Pinten, um die Sympathie interessanter Charaktere zu gewinnen. Gut, ein paar oberflächliche Bekanntschaften, ein paar Knastgeschichten, ein paar autobiografisch wertvolle Schlägereien, im großen und ganzen aber nichts, was 200 Seiten hergegeben hätte.

Ich las die Bibel, auch da fanden Autoren in Not immer wieder Stoffe, die sich fast mühelos aktualisieren ließen. Ich war schon bei den Propheten angelangt, als eines Vormittags meine Kontoauszüge eintrafen. Lag es an einer Fehlüberweisung, lag es an meiner laienhaften Buchführung, ich hatte 15000 Mark mehr auf dem Konto als erwartet. Noch im Bann der Bibellektüre deutete ich den günstigen Kontostand als einen Fingerzeig Gottes. Ein angehender Schriftsteller auf der Suche nach einem Romanstoff kann nichts Besseres tun als auf Reisen gehen. Das hat schon Goethe gesagt. Mein Reiseziel stand schnell fest, hatte ich doch in zahlreichen Broschüren, Zeitungsartikeln, Reportagen und Abenteuerbüchern gelesen, das Leben sei nirgends vielfältiger, aufregender und gefährlicher als in New York. Genau das richtige Pflaster für einen verzweifelten Romancier.

New York ist schon eine irre Stadt, kein Zweifel. Man wird zwar ab und zu auf offener Straße überfallen, aber meistens kommt man mit einem blauen Auge davon. Außerdem – die Krankenhäuser sind ausgezeichnet, nach spätestens zwei Tagen wird man wieder entlassen, neue Patienten drängen nach. Das letzte Mal lag ich mit einem Mann auf der Station, der in gewisser Weise kein unschuldiges Opfer einer Schlägerei war, da er leichtsinnig ein ganzes Lokal gegen sich aufgebracht hatte. Die annähernd sechzig Gäste hatten ihn übel zugerichtet, so übel, daß die Ärzte nicht umhin konnten, ihn volle drei Tage dazubehalten.

»Schriftsteller sind Sie?« röchelte er zwischen seinen gespaltenen Lippen und den Resten seines Gebisses hervor. »Wer ist Ihr Agent?«

»Ich habe keinen Agenten«, sagte ich.

»Dann haben Sie in diesem Land keine Chance«, sagte er und versank in neuerliches Koma.

Als er wieder zu sich kam, stand ich, bereits angezogen, neben seinem Bett. Wir wünschten uns gute Besserung und tauschten unsere Adressen aus. Ein paar Wochen später rief mich, offenbar wieder munter und wohlauf, mein ehemaliger Leidensgenosse im Hotel an und forderte mich auf, ihn anderntags zur Frühmesse zu begleiten. Ich wollte nicht unhöflich sein und sagte zu.

Nach dem Gottesdienst lud er mich bei McDonald's zu einem Cheeseburger ein.

»Haben Sie inzwischen einen Agenten?« fragte er.

»Nein«, sagte ich, »ist das unbedingt notwendig?«

»Hören Sie «, sagte er, »ich bin in New York geboren, ich weiß, wie der Hase läuft. Die Hälfte der arbeitenden New Yorker Bevölkerung übt den Beruf des Agenten aus, um der anderen Hälfte behilflich zu sein. Es gibt sogar Agenturen, die Agenten vermitteln – Sie sehen, selbst Agenturen kommen nicht ohne Agenten aus. Jeder Schauspieler, Maler, Bildhauer, Schriftsteller, Tonkünstler, Grafiker, Regieassistent, Bühnenbildner, Postkartenfabrikant, Rennfahrer, Boxer, Hundezüchter, ja sogar jeder Agent hat seinen Agenten. Fragen Sie James Cagney, fragen Sie Muhammad Ali oder Jimmy Carter, ob sie es ohne ihren Agenten jemals zu etwas gebracht hätten. Übrigens, ich bin selbst Agent.«

»Gerade wollte ich Sie fragen«, sagte ich. »Eins zu zehn hätte ich gewettet, daß Sie . . .«

»Schon gut«, sagte er, »aber glauben Sie nicht, daß ich Sie anwerben möchte. Verstehen Sie mich bitte nicht falsch, Sie sind sicher ein hervorragender Schriftsteller, nur, ich vertrete keine Schriftsteller, ich bin nicht an neuer Kundschaft interessiert. Ich vertrete nur einen einzigen Kunden.«

»Und wer ist das?« fragte ich nicht ohne Neugier.

»Gott«, antwortete der Agent.

»Großer Gott!« entfuhr es mir.

»Ja, er ist groß«, sagte der Agent. »Falls Sie mehr über ihn erfahren möchten, gebe ich Ihnen auf jeden Fall mal meine Karte.«

STAN PAPACOSTROS
Agent

Griechische Vorfahren«, erläuterte er.

»Ein Freund von mir«, sagte ich, »schwärmt von den Klöstern von Meteora.«

»Ich habe davon gehört«, sagte Papacostros. »Es muß ein herrlicher Platz sein, um Gott zu suchen.«

»Für Sie also völlig uninteressant«, warf ich schmunzelnd ein, »da Sie doch Gott gefunden haben.«

»Ja«, sagte der Agent. »Hier mitten in New York. Dabei habe ich ihn gar nicht gesucht. Seit meiner Kindheit hatte ich nicht mehr gebetet, keine Kirche mehr betreten.«

»Man darf also sagen«, gab ich zu bedenken, »daß Gott Sie gefunden hat.«

»Er hat mich auserwählt«, korrigierte Stan Papacostros.

»Das ist sehr spannend«, sagte ich. »Vermutlich haben Sie in einem völlig unerwarteten Moment eine innere Stimme gehört, die Sie als die Stimme Gottes identifizierten.«

»Keine Spur«, sagte ich, »Ich saß hier bei McDonald's,

ja, an diesem Tisch und aß einen Hamburger, da kam er rein, kaufte sich am Thresen eine Tüte pommes frites und setzte sich zu mir.

›Gestatten‹, sagte er. ›Bitte‹, sagte ich.«

»Und wie fanden Sie heraus, daß er Gott war?« fragte ich.

»Seine pommes frites fingen plötzlich zu phosphoreszieren an und er zwinkerte mir zu: ›Nur eine kleine Kostprobe‹, sagte er, ›ein Miniwunder‹. Ich wußte nicht so recht, wie ich mich verhalten sollte und lächelte ihn höflich an. ›Sehr gut, Sie sind ein begabter Zauberer.‹ Er sah mir beleidigt in die Augen und sagte: › Vor 2000 Jahren hätte das noch genügt, ein solches Wunder hätte jedem als Beweis genügt, daß ich Gott bin‹. ›Vor 2000 Jahren gab es noch keine pommes frites‹, sagte ich. Er stand auf und verließ das Lokal.«

»Damals hatte er Sie also nicht überzeugen können?«

»Noch nicht«, sagte Papacostros, »aber bald danach. Ich wartete an der Bushaltestelle Ecke Broadway 57. Straße, als er plötzlich neben mir stand. ›Nennen Sie mir eine Farbe‹, sagte er. Ich wußte nicht, worauf er hinauswollte und sagte: ›Rosa.‹ Und schon umgab sein Haupt ein gewaltiger Heiligenschein, der den Bruchteil einer Sekunde in gewohntem Gold erstrahlte, dann aber sofort die Farbe von billigem Erdbeereis annahm. Ich war sprachlos vor Bewunderung. Nach etwa zwei Minuten löste sich der Heiligenschein in eine Vielzahl winziger Punkte auf, die wie ein Feuerwerk in alle Himmelsrichtungen davonstoben. Dann sagte er: ›Der nächste Bus wird erst in drei Stunden eintreffen, auf der Central Park West kommt zur Zeit nichts und niemand durch, Menschenauflauf, die Polizei wird gleich da sein und alles umzingeln und absperren. Sehen Sie auf Ihre Uhr, merken Sie sich die Zeit. Die Abendnachrichten werden Ihnen beweisen, daß ich recht habe.‹ – ›Was ist passiert?‹ fragte ich und er sagte: ›Vor zwanzig Sekunden wurde John Lennon erschossen‹. Er legte seinen Arm um mich, schwebte mit mir empor und sauste downtown durch die Lüfte geradewegs zu meinem Hotel. ›Sind wir unsichtbar?‹ fragte ich während des Fluges. ›Nein‹, sagte er, ›in New York mißt man derlei nicht die geringste Bedeutung zu, die Leute denken, falls sie es überhaupt bemerken, es handle sich um Aufnahmen für irgendeinen Supermanfilm. Darum ist es ja in New York so verdammt schwierig, die Menschen zu überzeugen. Man kann ihnen so viele Wunder vorführen wie man will, immer heißt es: auf Kanal 6 oder 9 haben wir das schon besser gesehen.‹ In Form einer eleganten Ellipse umflogen wir das Empire State Building und Gott fragte: ›Glauben Sie endlich, daß ich Gott bin?‹ ›Ehrenwort‹, sagte ich, ›wenn wir nur heil runterkommen‹. ›Haben Sie Angst?‹ fragte er. ›Sie werden es schon schaffen‹, sagte ich. Ein paar Sekunden später landeten wir sicher vor meinem Hotel. ›Wissen Sie, was ich an Ihnen mag?‹ sagte er, ›mir gefällt es, daß Sie mich siezen. Wenn die Menschen zu mir beten, duzen sie mich immer. Ich kann das einfach nicht ab. – Wir sehen uns morgen in der Hotelbar hier, einverstanden?‹ Ohne die Antwort abzuwarten, löste er sich vor meinen Augen in eine Symphonie betörender Strahlenbündel auf, die das Kreuzeszeichen vor die Hotelfassade malte und schließlich in einer Wolke aus Weihrauch verschwand.«

»Das ist die ungeheuerlichste Geschichte, die ich je gehört habe«, sagte ich. »Wo Sie mich nun schon so weit ins Vertrauen gezogen haben, würde ich natürlich gerne erfahren, wie Gott aussieht. Oder ist diese Frage allzu indiskret?«

»Wie stellen Sie sich ihn vor?« fragte Stan Papacostros verschmitzt lächelnd.

»Keine Ahnung«, sagte ich, »vielleicht ein alter, grauer, unrasierter Mann oder so was Ähnliches.«

»Das genaue Gegenteil ist richtig«, prustete Stan heraus. »Er ist ein vierhundert Pfund schwerer Transvestit, zum Platzen feist, kreischend bunt geschminkt, riesige, platinblonde Perrücke, enganliegende, geschmacklose Frauenkleider. Und wissen Sie warum das alles? Weil er anonym bleiben möchte. Alter, bärtiger Mann mit gütigen oder glanzlosen Augen – so stellt sich jeder den lieben Gott vor. Aber so? Niemand kommt auf die Idee, daß er Gott sein könnte.«

»Wenig später«, sagte ich, »sind Sie in dem Krankenhaus gelandet, in dem wir uns kennenlernten.«

»Richtig«, sagte Stan. »Ich hatte die Verabredung mit Gott versäumt, da ich mich in ein Journalistenlokal auf der 44. Straße begeben hatte, um von meinen Erlebnissen zu erzählen. Sie wollten nichts davon wissen, und als ich nicht aufhörte, schlugen sie mich zusammen. Wenige Stunden nachdem ich das Krankenhaus verlassen hatte, erhielt ich ein Telegramm: ›Sowas kommt von sowas. Nicht zu voreilig, alter Junge. Verabredungen sollte man einhalten. Vor allem mit Gott. Gute Besserung – Gott.‹«

»Haben Sie danach Gott noch einmal getroffen?« wollte ich wissen.

»Noch zweimal«, sagte Stan. »Einmal eher zufällig – falls es bei Gott überhaupt Zufälle gibt – an einem Sonntagnachmittag im Central Park. Gott saß auf einer Wiese, trank Coca-Cola und verdrückte ein Roastbeefsandwich nach dem anderen. Er veranstaltete ein Picknick ganz für sich alleine. Offenbar wollte er ausspannen, wir grüßten uns auch nur von ferne. Wenige Tage später besuchte er mich im Hotel. Er hatte in der Eingangshalle auf mich gewartet und sah ungewöhnlich ernst aus. Ich setzte mich in den Sessel gegenüber von ihm und bestellte uns zwei Drinks. ›Was verschafft mir die Ehre?‹ eröffnete ich das Gespräch. Er druckste ein wenig rum, räusperte sich, versuchte, sein wild gemustertes, zu kurzes Kleid über die Kniee zu ziehen, wollte nicht so recht raus mit der Sprache. Erst allmählich wurde er ein wenig ruhiger, der Whisky sour tat ihm sichtlich gut. ›Wissen Sie‹, sagte er und sah mich melancholisch an, ›die besten Promoter, die ich je hatte, waren Jesus und Mohammed. Jesus war vielleicht *zu* gut, denn mit der Story, er sei mein leibhaftiger Sohn, hat er es geschafft, daß er leidenschaftlicher verehrt und angebetet wird als ich. Natürlich konnte Mohammed diesen Trick nicht einfach wieder aufgießen, er hat die Masche mit den gebündelten Offenbarungen erfunden. Auch nicht schlecht, eigentlich sogar besser, da der Promoter in diesem Fall mehr im Hintergrund bleibt.‹ Ich bestellte eine neue Runde Whisky sour. ›Ich habe Erkundigungen über Sie eingezogen‹, fuhr Gott fort. ›Sie sind ein erfolgreicher Agent. Obwohl Sie der Öffentlichkeit kaum bekannt sind, waren Sie maßgeblich an den Karrieren von Elvis Presely, Heidi Brühl und Papst Paul VI. beteiligt.‹ Gott schien tatsächlich allwissend zu sein. Noch wußte ich nicht, worauf er hinaus wollte. ›Sie sind begabt‹, sagte er, ›könnten es aber noch viel weiter bringen. Mein Vorschlag: lösen Sie Ihre Firma auf und gründen Sie eine neue – mit mir als einzigem Kunden. Werden Sie Gottes Agent! Als Gegenleistung 8000 Dollar monatlich und die ewige Gnade‹. Eines war mir sofort klar – ein solches Angebot erhält man nicht alle Tage. Jetzt kam es darauf an, cool zu bleiben, keinerlei Anzeichen von Nervosität sich anmerken zu lassen und klaren Kopfes eine Entscheidung zu fällen. Ich lehnte mich zurück, schlug die Beine übereinander und drehte scheinbar gedankenverloren mein Whiskyglas in der Hand. ›Zur Abwechslung mal nicht ein Pakt mit dem Teufel wie in Goethes Faust‹, sagte ich, ›sondern ein Pakt mit dem lieben Gott.‹ ›Na, so ungefähr‹, sagte Gott und lachte vollhals.«

»Da Sie sich Gottes Agent nennen«, sagte ich, »darf ich die Schlußfolgerung ziehen, daß Sie angenommen haben.«

»Ich habe angenommen«, sagte Stan, »nachdem wir uns noch kurz über die Spesen geeinigt hatten. Möchten Sie noch einen Cheeseburger?«

»Nein, vielen Dank«, sagte ich.

»In Ordnung«, sagte Stan, »gehen wir in mein Büro. Dieses Lokal hier ist ohnehin keine sehr erfreuliche Umgebung. Ein Szenenwechsel wird unserer Geschichte guttun.«

Stan Papacostros' Büro bestand aus einem einzigen, langen Raum, dessen innenarchitektonische Gestaltung an die eines gotischen Kirchenschiffs erinnerte. Anstelle des Altars stand am Kopfende des Raumes ein gewaltiger Schreibtisch, der Schreibtischsessel war dem Design einer Kanzel nachempfunden. Am anderen Ende des Raumes standen ein Pepsiautomat, ein elektrisches Harmonium und ein Flipper. Der Flipper war eine Sonderanfertigung eigens auf den Charakter der Agentur zugeschnitten: Die Kugel schießt nach vorn und schnellt, von kleinen Metallkreuzen geschleudert, über ein Panorama phantastischer Bilder. Der erste Schöpfungstag – 5000 Punkte; die Erschaffung des Menschen – 2000 Punkte; die Vertreibung aus dem Paradies – minus 3000 Punkte; Kain erschlägt Abel – minus 1000 Punkte; die Menschen besteigen Noahs Arche – minus 8000 Punkte; die zehn Gebote – 20 Punkte; Weihnachten – 3000 Punkte; Kreuzigung – 0 Punkte; Auferstehung – 5000 Punkte; Mohammeds Ankunft in Mekka – 1000 Punkte; Koran auf der Bestsellerliste – 2000 Punkte; Buddha haut ins Nirvana ab – 3000 Punkte; Gott, der begnadete Transvestit zieht nach New York – 10 000 Punkte und ein Freispiel. In der Mitte des Raumes dienten zwei Klappstühle und ein Campingtisch aus dem Hause ›Woolworth‹ als Möbelgruppe für Besucher.

»Alles noch nicht so, wie es sein soll«, entschuldigte sich Stan. »Diese Stühle werden demnächst gegen zwei gepolsterte Kirchenbänke aus dem Freiburger Münster ausgetauscht, und als Couchtisch dachte ich mir ein umgedrehtes Taufbecken. Der Pepsiautomat da hinten ist natürlich die reinste Blasphemie. Er hätte schon längst auf Weihwasser umgestellt werden sollen, aber kriegen Sie mal heutzutage Handwerker her – im Sommer heißt es, unsere Leute sind in Urlaub und im Winter heißt es, unsere Leute haben Grippe. Mit Gottes Hilfe wird es irgendwann klappen. Bitte nehmen Sie Platz!«

Ich setzte mich vorsichtig hin.

»Wenn Gott Sie besucht«, sagte ich, »sitzt er dann ...«

»Wenn er sich überhaupt setzt«, unterbrach mich Stan, »dann auf den Schreibtisch. Meistens begibt er sich jedoch schnurstracks zum Flipper. Er liebt diesen Apparat – übrigens ein ganz hübscher Nebenverdienst für mich, dieses Ding schluckt Münzen wie verrückt.«

»Hat Gott Sie mit der Gründung einer neuen, universalen Kirche beauftragt, die den etablierten Kirchen, den großen Religionen übergeordnet sein soll, mit dem Ziel, alle religiösen Strömungen dieser Erde zu einer einzigen zusammenzuführen?«

»Gegen die Weltreligionen und etablierten Kirchen kann man nicht anstinken«, sagte Stan, »da waren sich Gott und ich von Anfang an einig. Sie müssen das ganz praktisch sehen. Gestatten Sie mir einen Vergleich – es ist heutzutage unmöglich, eine Autofirma aus dem Boden zu stampfen und dann gegen Ford, Volkswagen und die Japaner zu bestehen. Sie gehen baden, ehe Sie angefangen haben.«

»Der Vergleich hinkt«, sagte ich.

»Natürlich hinkt der Vergleich«, sagte Stan, »aber so verkehrt wie Sie glauben, ist er auch wieder nicht. Egal, was Sie verkaufen möchten, es kommt auf die Werbung an. Das Produkt kann noch so gut sein, wenn die Werbung nichts taugt, können Sie einpacken. Umgekehrt ist es schon eher möglich, eine gute Werbung bringt auch das mieseste Produkt an den Mann. Wenn ich von der Materie nichts verstünde, wäre Gottes Wahl nicht auf mich gefallen, das schwöre ich Ihnen beim Heiligen Geist.«

»Ich habe keine Sekunde an Ihrer Qualifikation gezweifelt«, sagte ich. »Darf ich mir eine Pepsi holen?«

»Entschuldigen Sie!« rief Stan entsetzt und sprang auf. »Ein schrecklicher Fehler von mir, wenn es ums Geschäft geht, vergesse ich die primitivsten Gastgeberpflichten.«

Er ging zum Automaten und kehrte mit zwei Pappbechern Pepsi-Cola zurück.

»Eine Offenbarung für Leute meines Fachs«, sagte er, »ist das Studium der Werbetaktiken von Coca-Cola und

Pepsi-Cola. Übertragen auf meine gegenwärtige Aufgabe, entspricht die Coca-Werbung Jesus beziehungsweise dem Neuen Testament und die Pepsi-Werbung Mohammed beziehungsweise dem Koran.«

»Geht das nicht ein wenig zu weit?« sagte ich.

»Sie sind Schriftsteller, stimmt's?« sagte Stan.

»Ja, ja«, sagte ich, »aber ...«

»Und ich bin Agent, Werbefachmann«, sagte Stan. »Ich verstehe nichts von Romanen und Gedichten und Sie verstehen nichts von Werbung – wir sollten uns zusammentun. «

Er stand auf, ging zum Schreibtisch, öffnete eine Schublade, der er eine Art Schriftrolle entnahm. Er reckte den rechten Arm empor, die Schriftrolle in der Hand und glich einen Moment lang der Freiheitsstatue mit ihrer Fackel.

»Hier ist mein Konzept für unsere gemeinsame Arbeit«, sagte er. »Ich kann Ihnen nachher eine Fotokopie mitgeben.«

Er legte die Rolle zurück und schloß die Schublade. Ehe er sich wieder hinsetzte, füllte er noch einmal die beiden Pappbecher nach.

»Unsere gemeinsame Arbeit?«, sagte ich gleichermaßen erstaunt wie geschmeichelt.

»So ist es«, sagte er. »Gott hat mich beauftragt, eine Werbekampagne für ihn auszuarbeiten; eine ungeheuere Herausforderung für jeden Mann vom Fach. Ich darf Ihnen kurz das Resultat meiner Überlegungen mitteilen. Gott muß hier in New York, zu einem günstig gewählten Zeitpunkt, vor einer riesigen Menschenmenge, in Anwesenheit der gesamten in- und ausländischen Presse eine Reihe überzeugender Wunder vollbringen.«

»Ausgezeichnet!« sagte ich.

»Moment«, sagte Stan. »Das klingt einfacher als es ist. Sie erinnern sich, daß Gott selbst darauf aufmerksam machte, wie schwierig so etwas hier ist. Man kann sich abhampeln wie man will, diese Typen glauben immer, es handle sich um Fernseh- oder Filmaufnahmen. Die zweite Schwierigkeit ist, einen Tag zu ermitteln, an dem in New York so gut wie nichts los ist, das ist wichtig, um viel Publikum auf die Beine zu bringen, aber einen solchen Tag gibt es in New York nicht.«

»Dann starten Sie Ihre Aktion doch einfach in Philadelphia oder Miami, da gibt es fast nur solche Tage, wenn ich richtig informiert bin.«

»Teufel«, sagte Stan Papacostros, »Sie strapazieren meine Geduld ganz schön. Angenommen, Sie haben ein neues Auto entwickelt und produziert – wo stellen Sie es vor? In Wladiwostok, auf St. Helena, in Hameln oder auf der Frankfurter Automobilmesse?«

»Auf der Frankfurter Automobilmesse«, sagte ich.

»Na, also«, sagte Stan. »Und Gott stellt man in New York vor. Und nirgends sonst.«

Allmählich wurde es dunkel. Durch die Fenster konnte man sehen, wie in den Wolkenkratzern die Lichter angingen. Ab und zu flogen ein Reklamezeppelin oder ein Polizeihubschrauber über die Skyline.

»Genug«, sagte Stan, »genug dieser grausamen Pepsi. It's time for a real drink. Der Supermarket unten hat noch auf. Ich hole schnell ein paar Flaschen Starkbier.«

Nachdem Stan gegangen war, sah ich mich nach einer Lampe oder sonst einer künstlichen Lichtquelle um. Ich konnte nichts finden. Je schwächer die Sonne wurde, desto williger spendeten die zehntausend Glühbirnen in den

Wolkenkratzern Licht. So blieb die Agentur, selbst in schwärzester Nacht, noch immer ein wenig erleuchtet.

»Die Restbestände«, sagte Stan lachend, als er mit zwei prall gefüllten Einkaufstüten zurückkehrte. »Ich hab' sogar daran gedacht, mir einen Flaschenöffner geben zu lassen.«

Er packte die Tüten aus und stellte nicht weniger als fünfundvierzig Flaschen Starkbier auf den Campingtisch.

»Sie vertragen doch was?« fragte er. »Sie sind doch Deutscher. Ich verstehe nicht viel von Musik, ich weiß nur, daß Beethoven dieses Zeug liebte.«

Er öffnete zwei Flaschen und reichte mir eine rüber. Wir prosteten uns zu.

»Während Sie fort waren, habe ich mich bemüht, einen Lichtschalter, eine Lampe zu finden«, sagte ich.

»In diesem Raum gibt es nur zwei Stecker«, sagte Stan, »und die sind beide an der Wand da hinten. An dem einen ist der Flipper angesteckt, an dem anderen der Pepsiautomat. Das Harmonium ist außer Betrieb. Ich brauche kein Licht, da ich nur tagsüber arbeite, und wenn ich nachts noch hier bin – Gott sieht mich auch im Dunkeln. Außerdem kann ich dann Gottes Schrift viel besser lesen, wenn er mit unsichtbarem Finger seine Weisheiten an die Wände der Agentur malt.«

Die Zeit verging jetzt langsam und schnell zugleich; gemessen an unserem Gesprächsfluß schien sie sich eher schleppend voranzubewegen, gemessen an den leeren Bierflaschen schien sie wie im Fluge zu vergehen.

»Das ist New York!« sagte Stan und wies mit einer großartigen Geste auf die Wolkenkratzer. »Jetzt wissen Sie, warum ich dieses Büro gewählt habe – der Blick, dieser Blick ist einmalig.«

»New York ist überhaupt einmalig«, sagte ich.

»Das ist wahr gesprochen«, sagte Stan und öffnete wieder zwei Flaschen. »Wo waren wir stehengeblieben?«

»Sie deuteten die Möglichkeit einer Zusammenarbeit an«, sagte ich.

»Richtig«, sagte Stan. »Sie sind Schriftsteller, stimmt's? Was braucht, was hat ein Schriftsteller? – Phantasie, stimmt's? Gut, das braucht ein Werbeagent auch, aber eine andere, mehr praxisbezogenere Phantasie. Wir müssen also unsere Phantasie, unsere Phantasien ... ich meine, Sie kennen doch Stromkreise, also wie zwei Stromkreise ... dieses Scheißbier, ich kann mich nicht mehr richtig ausdrücken.«

»Kein Grund zur Panik«, sagte ich, »ich glaube, ich weiß, was Sie meinen; wie beim Auto, wenn man den Anlasser drückt und die Funken ... also wenn die Zündkerzen ...«

»So ungefähr«, sagte Stan. »In anderen Worten, mir fallen keine Wunder ein. Sie denken sich die Wunder aus, Gott vollbringt sie, und ich sorge für den Rest, die Hauptsache, die Werbung. Festgehalt 200 Dollar pro Woche plus zehn Dollar pro brauchbarer Idee. Was eine brauchbare Idee ist, entscheidet Gott. Einverstanden?«

»Klingt nicht schlecht«, sagte ich, »vor allem wenn man bedenkt, daß die ganze Angelegenheit auch ein ganz hervorragender Romanstoff ist.«

»Romanstoff!« rief Stan. »Sie arbeiten für Gott und mich. Dafür und für nichts sonst werden Sie bezahlt. Wenn Sie Romane schreiben wollen, bitte! Dann aber nicht in der Zeit, für die ich Sie bezahle. Ihr Arbeitstag dauert 16 Stunden, lieber Freund, plus Morgentoilette, Frühstücken, Einkaufen gehen, zu Abend essen, Hemden waschen, Zeitung lesen, plus was weiß ich. 16 Stunden lang haben Sie sich tagtäglich Wunder auszudenken. Da bleibt keine Zeit für einen Roman. Und selbst wenn – die Rechte auf einen solchen Roman hätte dann sowieso nur einer: Stan Papacostros. Führen Sie meinetwegen ein privates Tagebuch, wenn Sie glauben, dafür Zeit zu haben, wenn Sie glauben, ohne Schlaf auskommen zu können.«

»Schon gut«, sagte ich. »Das ist eine knallharte Stadt.«

»Wie man es nimmt«, sagte Stan. »Es ist auch eine Stadt voller Chancen und Menschlichkeit. Allein Ihr Beispiel. Sie kommen an, werden überfallen, treffen mich und schon haben Sie einen Job für Gott und seine Agentur.«

»Unter diesem Aspekt habe ich das noch gar nicht gesehen«, sagte ich.

»Das sollten Sie aber«, sagte Stan, »das sollten Sie aber.«

Aus meinen Tagbüchern:

28. März

Ich arbeite jetzt schon fast vier Jahre für die Agentur Stan Papacostros. Wir sind unserem Ziel keinen Schritt nähergekommen. Gott ist ein schwieriger Kunde. Stan will aber unter keinen Umständen aufgeben. Kürzlich habe ich eine interessante Rechnung erstellt: Pro Tag arbeite ich durchschnittlich drei Wunder aus, das macht pro Jahr cirka 1000 Wunder, grob geschätzt habe ich mir bis jetzt also 4000 Wunder aus den Fingern gesogen. Stan schimpft immer: ›Sie produzieren nach dem Schrotsystem. Gezielt arbeiten, gezielt! Gott und mich interessieren Qualität, nicht Quantität.‹ Ich weiß, daß er es nicht ernst meint, sonst hätte er mich schon längst entlassen. In Wirklichkeit bewundert er meine Arbeit, meinen Ideenreichtum.

14. April

Als ich gestern Nachmittag die neuesten Wunder in der Agentur ablieferte, bat ich Stan mal wieder, mich endlich mit Gott bekanntzumachen. Die üblichen Ausreden. Ich zweifle nicht an Gottes Existenz, aber ich bezweifle, daß Gott etwas von meiner Existenz weiß. Wieder dieser furchtbare Verdacht. Stan macht Gott glauben, all die Wunder seien das Werk seiner, Stans, immer produktiven Phantasie. Schon oft habe ich Stan auszutricksen versucht. ›Geben Sie mir die Post ruhig mit‹, sage ich manchmal, ›ich komme sowieso an einem Briefkasten vorbei.‹ ›Geben Sie sich keine Mühe‹, sagt er dann, ›ich schicke Ihre Vorschläge nie per Post an Gott, ich bringe sie ihm persönlich vorbei.‹ Ich habe auch schon daran gedacht, einen Privatdetektiv mit der Bewachung Stans zu beauftragen. Aber das scheitert an meinen finanziellen Mitteln. Wiederholt habe ich Stan, auf dem Rücksitz eines Taxis liegend, kreuz und quer durch die Stadt verfolgt – er ist mir immer wieder entwischt.

22. April

Heute wieder versucht, Stan die Erlaubnis abzuringen, über meine Tätigkeit einen Roman zu schreiben. Nichts zu machen. Stimmte jedoch einer indirekten Gehaltserhöhung zu. Wird künftig für Papier, Bleistifte und Radiergummi aufkommen. Überlege, ob ich nicht allmählich damit anfangen kann, die vier Jahre alten Wunder erneut vorzulegen. Kann sich bestimmt nicht mehr erinnern. Gäbe mir Zeit, den geplanten Roman heimlich niederzuschreiben. Trau mich noch nicht so recht, muß noch darüber nachdenken.

23. April

Aus, vorbei! Stan hat ein phänomenales Gedächtnis. Las meine neuesten Wunder durch und sagte: ›Gar nicht übel. Aber verwechseln Sie bitte nicht ein Wunder mit einer Flasche Wein. Ein Wein kann nach vierjähriger Lagerung besser werden, ein Wunder nicht.‹ Er zerriß das Manuskript in kleine Stücke und warf es in den Papierkorb. Ich war schön blamiert. Versuchte, eine Entschuldigung zu stammeln. Stan unterbrach mich: ›Selbst wenn ich es nicht gemerkt hätte, Gott hätte es gemerkt, oder halten Sie Gott für blöd?‹ Dann erhob er sich, klopfte mir versöhnlich auf die Schulter und sagte: ›Jetzt aber mit doppeltem Fleiß an die Arbeit!‹

3. Mai

Als ich heute früh das Gebäude betrat, in dessen oberstem Stockwerk sich die Agentur befindet, traf ich mit dem Briefträger zusammen. ›Sie sind doch der Assistent von Mr. Papacostros‹, sagte er. ›Hab da was, könnense gleich mit hoch nehmen.‹ Er gab mir eine Postkarte. Während ich auf den Lift wartete, las ich die Postkarte: ›Lieber Stan, muß unser Treffen leider verschieben, ist was dazwischengekommen – auch ich kann nicht in die Zukunft blicken. Es bleibt bei McDonald's 1327 Second Av. zur verabredeten Zeit, nur halt erst am Mittwoch. Beste Grüße, Gott.‹ Diese Karte war ein Fingerzeig des Himmels. Ich steckte sie in den Briefkasten; Stan darf nicht erfahren, daß ich sie gelesen habe.

10. Mai

Erst heute komme ich dazu, die Ereignisse des vergangenen Mittwochs festzuhalten. Ich wußte zwar, wo Stan und Gott sich treffen würden, aber nicht, um wieviel Uhr. Ich hatte also keine andere Wahl, als mich schon um sieben morgens bei McDonald's einzufinden. Mit strategischem Geschick wählte ich einen Platz hinter einer Säule am Tresen, ein Platz, der es mir gestattete, den Eingang und das gesamte Lokal zu überblicken, ohne selbst gesehen zu werden. Zur Mittagszeit hatte ich bereits den vierzehnten Hamburger verspeist, von Stan und Gott jedoch keine Spur. McDonald's ist ein Unternehmen, das auf raschen Umsatz aus ist, kaum hat man aufgegessen, wird man vor die Wahl gestellt, einen neuen Imbiß zu ordern oder das Lokal zu verlassen. Obgleich ich schon im Lauf des Vormittags Methoden entwickelt hatte, dem Verzehr eines Hamburgers überdurchschnittlich viel Zeit abzugewinnen, kam ich nicht umhin, zur Dämmerstunde die achtunddreißigste Bestellung aufzugeben. ›Noch zwei Bestellungen‹, sagte der Kellner, ›und Sie bekommen einen Hamburger umsonst. Das ist die Treueprämie unseres Hauses‹. Mir wurde schlecht. Ich ging aufs Klo und kotzte dreißig Hamburger und acht Liter Coca-Cola aus. Mir war so übel, daß ich vor der Kloschüssel niederkniete und betete: ›Lieber Gott, laß mich wieder gesund werden, ich werde auch nie wieder Cola und Hamburger ... und ich werde bessere Wunder als jemals zuvor ...‹ Weitere Hamburger quollen nach, ich konnte mein Gebet nicht beenden. Wankend und langsam kam ich wieder auf die Beine. Mit einem Papierhandtuch wischte ich mir notdürftig meinen Jeansanzug sauber, dann spülte ich am Waschbecken meinen Mund aus, gurgelte ein paar Mal und trank kräftig Wasser nach. Ich kehrte an meinen Platz am Tresen zurück.

›Ist Ihnen nicht gut?‹ sagte der Kellner.

›Alles in Ordnung‹, sagte ich.

›Ihr Hamburger ist gleich fertig‹, sagte er. ›In den letzten fünf Minuten waren wir nicht ganz bei der Sache. Das hätten Sie sehen sollen, wie dieser dicke Koloß von Transvestit das Lokal betrat, etwas über die Unzuverlässigkeit der Griechen murmelte, einen Bauchtanz andeutete, und dann mit einem Schlag unsere gesamten Coca-Cola-Vorräte in französischen Tafelwein verwandelte. Vermutlich jemand vom Fernsehn.‹

›Und wo ist er jetzt?‹ fragte ich matt.

›Wer?‹ sagte der Kellner.

›Gott‹, sagte ich.

›Gott?‹ rief der Kellner.

›Der Transvestit‹, sagte ich.

›Keine Ahnung‹, sagte der Kellner, ›weggegangen.‹

Was bisher geschah

Dank eines Computerschadens seiner Bank werden auf das Konto eines ehrgeizigen Nachwuchsschriftstellers versehentlich DM 15 000 überwiesen. Der Autor hebt das Geld schleunigst ab und fährt, seiner langweiligen Heimat überdrüssig, nach New York; er ist sicher, in dieser pulsierenden Metropole bald einen packenden Romanstoff zu finden. Statt dessen gerät er an einen obskuren Griechen, der angeblich der Werbeagent Gottes ist, den er angeblich persönlich kennt. Außer dem Nachwuchsschriftsteller glaubt kein Mensch die unsinnige Geschichte über den lieben Gott.

Was aber hat Stan Papacostos mit seiner Geschichte bezweckt? Warum hat er den Romancier, wenn auch nur für ein lächerliches Gehalt, angestellt? Aus dem, was wir bislang erfahren haben, lassen sich keine Schlüsse ziehen. Wir wissen nur, daß der Grieche für wenig Geld möglichst viele göttliche Wunder geliefert haben möchte. Technische Lösungen dieser Wunder sind nicht gefragt, da diese getrost Gott überlassen werden können. Selbst mit viel Phantasie läßt sich nicht denken, was einer mit einer solchen Kollektion erdachter Wunder anfangen könnte. Es gibt nur eine Lösung: die Geschichte mit Gott stimmt doch.

Ein Blick in die Werkstatt

Wir können nicht untätig rumsitzen und auf neue Informationen über Stan Papacostros und seinen merkwürdigen Transvestiten warten. Die Angelegenheit mit Gott wird möglicherweise eine verblüffend einfache Erklärung finden – irgendwann. Inzwischen muß die Erzählung weitergehen, muß neues Stoffgebiet erschlossen werden, ohne die bisherigen Geschehnisse aus dem Auge zu verlieren. Es bieten sich mehrere Möglichkeiten an:

1) Ein Kapitel, das inhaltlich und personell mit dem vorigen nichts zu tun hat. Später zusehen, wie die Brücke zu der Agentur, ihrem einzigen Angestellten und ihrem einzigen Kunden wieder geschlagen werden kann.

Nachdem die Terroristin Siggi Nacht-Rauer landauf, landab in der Bundesrepublik Deutschland monatelang ungestört Hakenkreuzembleme verteilt, dann aber innerhalb dreier Wochen das Heidelberger Schloß, den Kölner Dom und mehrere Elektrizitätswerke in die Luft gesprengt hatte, konnten die Behörden nicht mehr umhin, die Vergangenheit dieser ungewöhnlich aktiven Dame zu durchleuchten. Während dieser Untersuchungen kamen alarmierende Fakten ans Licht: Siggis Großvater stand in den zwanziger Jahren zeitweise der Kommunistischen Partei nahe, Siggis Mutter war nie Mitglied des BDM gewesen, und Siggi selbst hatte in Frankfurt Soziologie studiert und 1965 ihre Tante in der DDR besucht. Die Hakenkreuzaktion war als Täuschungsmanöver enttarnt. 40 Hubschrauber, 200 Schäferhunde und ein paar tausend Polizisten wurden eingesetzt, der Terroristin habhaft zu werden. Für den entscheidenden Hinweis zur Ergreifung der Terroristin wurden auf Fahndungsplakaten nicht weniger als 10 000 Mark Belohnung versprochen sowie drei Wochen Urlaub in Nürnberg und ein kostenfreies Jahresabonnement der ›National- und Soldatenzeitung‹. Was der Staatsanwalt und Polizei nicht wissen konnten – Siggi Nacht-Rauer war längst nach New York entwichen, wo sie, nachdem sie mehrere Kilo Dynamit in die Freiheitsstatue gestopft hatte, als Bardame bei McDonald's untergetaucht war. Da sämtliche Kassiber, die sie heimlich in die Hamburger steckte, von der konspirativen Kundschaft unbemerkt mitgegessen wurden, beschloß sie, zu kündigen und ihre Taktik zu ändern. Da führte ein glücklicher Zufall den Agenten Stan Papacostros in eben jenes Lokal (Fragment)

2) Den finsteren Papacostros sterben und den Ich-Erzähler die Agentur übernehmen lassen. Der Ich-Erzähler

wird schnell herausbekommen, was es mit dem Transvestiten auf sich hat, sollte dieser überhaupt existieren. Ebensoschnell wird er herausbekommen, ob diese Agentur auch tatsächlich eine Agentur oder in Wirklichkeit ein gefährliches Tarnunternehmen ist.

(UPI) Der gerissene Werbeagent, aber hoffnungslos unbegabte Hobbytechniker Stan Papacostros wurde bei dem Versuch, den Pepsiautomaten in seinem Büro auf Weihwasser umzustellen, von einem tödlichen Stromstoß ereilt. Insofern ein tragischer Tod, da man lediglich die Pepsi-Cola gegen Weihwasser hätte austauschen müssen, wobei nicht die geringste technische Änderung an dem Automaten notwendig gewesen wäre. Die Agentur wird wahrscheinlich der langjährige Mitarbeiter Mr. Papacostros' übernehmen, ein deutscher Schriftsteller, von dem allerdings nicht bekannt ist, daß er jemals ein Buch zu Papier gebracht hätte.

Danach wieder den Ich-Erzähler zu Wort kommen lassen: Nachdem ich die Namensschilder am Briefkasten und an der Bürotür ausgewechselt hatte, schloß ich mich in der Agentur ein, spielte ein paar Runden am Flipper und machte mich dann daran, den Inhalt der Schreibtischschubladen zu untersuchen. Bald wußte ich, daß Papacostros nicht 8000 Dollar, sondern 20000 Dollar Monatsgehalt bezogen hatte. Neben diesen Gehaltsabrechnungen unbekannter Herkunft fand ich noch einen Hundertjährigen Astrologischen Kalender und zwei Postkarten von Gaddafi. (Fragment)

3) Änderung des Schauplatzes, Beibehaltung des Ich-Erzählers, Einführung neuer, interessanter Charaktere.

So kalt habe ich mir den Südpol nun auch wieder nicht

vorgestellt. Ich bereue keine Sekunde, endlich Urlaub genommen zu haben, doch war ich in der Wahl meines Reiseziels vielleicht nicht ganz glücklich gewesen. Ich wollte etwas, das der Hektik und sommerlichen Hitze New Yorks diametral entgegengesetzt ist, theoretisch hätte ich es also nicht besser treffen können. Aber die Kälte am Südpol ist schlimmer als die Hitze in New York. Ich muß da irgend etwas mit Celsius und Fahrenheit durcheinandergebracht haben. Die Kälte haut einen buchstäblich um – ich liege bis zu den Ohren mit Hundefellen zugedeckt in meinem Zelt, nur die Arme, auch die in ein halbes Dutzend Pullover und Pulswärmer gesteckt, sind frei, damit ich auf meinen angewinkelten Knieen mein Tagebuch zu Ende führen kann. Ja, zu Ende führen, denn die letzte Fleischkonserve ist angebrochen, der Zwieback geht zu Ende und ginge noch viel schneller zu Ende, wenn Mr. Miller, mein Reiseleiter, nicht vor ein paar Stunden das Zelt verlassen hätte, um in beispielhafter Kameradschaftlichkeit in einem mittleren Schneesturm auf Nimmerwiedersehen zu verschwinden. Ich glaube nicht, daß ich dieses Tagebuch noch lange werde fortsetzen können. Kümmert euch um Himmels Willen um Stan Papacostros.

(Fragment mit tragischem Ausgang)

Ein Blick in die Werkstatt (Fortsetzung)

Keine der drei Möglichkeiten hat sich als tauglich erwiesen. Oder doch?! Vom Standpunkt des Autors aus, ist das dritte Fragment so unbrauchbar nicht, denn da werden wir endlich den reichlich einfältigen Ich-Erzähler los.

Manch einer hätte ihm einen angenehmeren Tod gewünscht, aber so ist es auch recht. Er war eigentlich ganz sympathisch, hatte einen aufrechten Charakter, war fleißig und ehrgeizig, nur eben ein wenig zu naiv, zu unprofiliert, um einen ganzen Roman lang durchzuhalten. Jeden Tag sterben an Verkehrsunfällen allein in der Bundesrepublik Deutschland durchschnittlich 44 Menschen, andere erliegen ihren Haushaltsverletzungen, wieder andere werden versehentlich von der Polizei erschossen, rechnet man nun noch die Selbstmörder hinzu, egal, ob sie von Türmen springen, sich erhängen, die Pulsadern aufschneiden, vor die U-Bahn werfen, Schweinefleisch essen, in der Elbe baden, so kommt man alles in allem gut auf 200 Personen, die in diesem kleinen Land auf unnatürliche Weise aus dem Leben scheiden. In anderen Worten, es besteht statistisch kein Grund, dem Ich-Erzähler eine Träne nachzuweinen. Außerdem haben wir endlich einen neuen Schauplatz: den Südpol.

›Ich komme nun zum Schluß meiner Ausführungen. Sieht man von einem kleinen Postscriptum ab, das auch bezeichnenderweise nicht die Unterschrift des großen Forschers trägt, lautet die letzte Eintragung in Scotts Tagebuch: IT SEEMS A PITY, BUT I DO NOT THINK I CAN WRITE MORE. (Es ist ein Jammer, aber ich glaube nicht, daß ich noch weiterschreiben kann.) Es widerspricht nun allen Erfahrungen der Literaturwissenschaft, daß ein bedeutender Geist mit letzter Kraft lediglich schreibt, daß er keine Kraft mehr hat zu schreiben. Die Vermutung liegt also nahe, daß Scott eine verschlüsselte Botschaft übermittelt hat. Diese Botschaft wird schlagartig klar, wenn wir uns auf bestimmte Buchstaben der zitierten letzten Eintragung konzentrieren: IT SEEMS A PITY, BUT I DO NOT THINK I CAN WRITE MORE. Liest man die einfach unterstrichenen Buchstaben von links nach rechts und die doppelt unterstrichenen Buchstaben von rechts nach links, ergibt sich folgender Satz: THAW ME OUT. (Taut mich auf.) Scotts letzter signierter Satz besteht aus 39 Buchstaben; liest man diese Zahl rückwärts, haben wir die Zahl 93. Die verschlüsselte Botschaft, die wir aus diesem Satz destilliert haben, besteht aus 9 Buchstaben und 3 Worten, ein deutlicher und mit Sicherheit kein zufälliger Hinweis auf die 93. Scott, in der Gewißheit, bald tiefgefroren im ewigen Eis zu ruhen, richtete er also den Appell an die Nachwelt, ihn im Jahre 93 wieder aufzutauen. Warum aber, könnte man entgegenhalten, hat Scott seinen Wunsch derart kompliziert verschlüsselt, warum hat er nicht unverblümt seinen Wunsch niedergeschrieben? Hier sind nur Spekulationen möglich, die sich wissenschaftlicher Exaktheit entziehen. Wahrscheinlich jedoch ist Scott von einem sehr simplen Gedanken ausgegangen: wenn die Menschheit eines Tages klug genug ist, meine Botschaft zu entzifferen, wird sie auch Mediziner herangebildet haben, die fähig sind, mich dem Leben wieder zu schenken. Schätzungsweise dürfte das so um 1993 der Fall sein.‹

So endet der Aufsatz eines bis dahin kaum ans Licht getretenen Antarktistheoretikers. Dieser Aufsatz wäre vermutlich kaum weiter beachtet worden, hätte ihn nicht Prinz Philip beim Friseur gelesen. Der Prinz war sofort Feuer und Flamme, lieh sich die Zeitschrift aus und leitete sie mit einer enthusiastischen Notiz an den Premierminister weiter. Dieser erteilte unmittelbar nach beendeter Lektüre die Anweisung, mit aller Kraft die letzten Tropfen Erdöls vor den Gestaden Schottlands aus dem Meeresgrund zu quetschen, um das Unternehmen ›Scott wird aufgetaut‹ subventionieren zu können. Die Schirmherrschaft übernahm selbstredend der Prinz. Der hatte binnen zweier Wochen sämtliche einschlägigen Biografien über Scott, Amundsen und alle anderen Polarforscher gelesen, hatte sich in kürzester Frist zu einem Experten der kalten Zonen entwickelt.

Es dauerte ungewöhnlich lange, bis ein geeignetes Team britischer Experten gefunden war. Hochqualifizierte Wissenschaftler lehnten ab, da sie Todfeinde des Verfassers jenes Artikels waren, andere waren in aktueller Mission gerade auf dem Nordpol beschäftigt, wieder andere ließen sich, da sie von den Polen nichts mehr wissen wollten, in Umschulungskursen zu Afrikaforschern ausbilden. Kein Mensch hatte mit diesen Schwierigkeiten gerechnet. Bald wurde klar, daß der von Scott gewünschte Termin nicht würde eingehalten werden können. Das war nicht weiter schlimm, hatte doch Scott keine Begründung hinterlassen, warum er ausgerechnet 1993 aufgetaut werden wollte, außerdem mußte der Aktion jede Verschiebung zum Nutzen gereichen, da die Wissenschaft bekanntlich nicht stillsteht, täglich mit neuen Erkenntnissen überrascht, scheinbar gesichertes Lehrgut in die lange Reihe der Irrtümer verweist. Vor allem die Humanmediziner, jahrhundertelang von den Päpsten an ihrer Entfaltung gehindert, forschten und forschten mit einem Heißhunger, von dem sich die Vertreter anderer Disziplinen manche Scheibe abschneiden könnten. Zum Beispiel die Polarforscher – die allerdings, je länger die Vorbereitungen dauerten, immer entbehrlicher schienen, um der Wahrheit die Ehre zu geben. Jenen Wissenschaftler, dem die entscheidende Deutung der letzten Worte Scotts gelungen war, hat man nur aus Höflichkeit mit auf die Antarktis genommen. Aus Kostengründen hätte man ihn eigentlich lieber zu Hause gelassen. Geteilter Meinung war man über die Frage der Notwendigkeit, einen Theologen in das Team aufzunehmen. Da man nicht wußte, warum Scott überhaupt aufgetaut werden wollte und wie er, sollte das kühne Unterfangen gelingen, reagieren würde, kam man überein, daß die Anwesenheit eines Geistlichen zumindest nicht schaden könne. Die Wahl fiel auf Reverend Smith aus Bristol.

Leiter der Mannschaft wurde Dr. Mortimer Woollcott, ein ebenso erfahrener wie reiselustiger Chefchirurg, ihm unterstellt waren zwei Assistenzärzte und zwei Krankenschwestern. Mit von der Partie waren ferner, sieht man von der Schiffsbesatzung ab, ein Koch, eine Journalistin, ein Geologe und ein völlig vertrottelter Minister, den man allgemein loswerden wollte und dem niemand zutraute, die Strapazen einer solchen Reise zu überleben. Tatsächlich starb der Minister, noch ehe der Südpol erreicht war und Reverend Smith erfüllte seine traurige Pflicht.

Wie jedermann weiß, wurde Robert Falcon Scott am 11. November 1912, also etwa acht Monate nach seinem Ableben, erfroren in seiner Hütte aufgefunden und an Ort und Stelle begraben. Ein Grab in der Antarktis ist ein wanderndes Grab, denn das Eis bewegt sich, driftet mählich nach Norden führt einen toten Polarforscher mit sich, geleitet ihn in Gegenden, lächerliche zwei oder fünf Grad weniger kalt, dem Ozean zu, dessen Brandung Winter für Winter immer wieder kleinlaut wird und es schließlich eisblau und eisgrau aufgibt. Vielleicht schon seit Jahrmillionen, die Geologen wissen da genauer Bescheid. Der Geologe auf dem Schiff hätte die Antwort aus dem Ärmel geschüttelt, aber ihn plagten andere Sorgen, ihm oblag, möglichst auf den Quadratmeter genau zu errechnen, wo der unglückliche Scott sich gerade befand. Das Schiff durchpflügte bereits die ersten Eisschollen, als der Geologe die Ergebnisse seiner mathematischen Kunst dem Kapitän vorlegte.

»Wenn das stimmt«, sagte der Kapitän nach einem fachmännischen Blick auf die Papiere, »können wir morgen vor Anker gehen.«

»Warum soll das nicht stimmen?«, sagte der Geologe und spuckte eine Prise Kautabak aus.

Anderntags ließ der Kapitän in der Nähe einer einigermaßen stabilen Eisscholle anlegen. In Windeseile wurden die Zelte aufgeschlagen, die Fertigteilhütten errichtet, die Vorräte verstaut und die Spirituskocher angeworfen. Nach einer kräftigenden Mahlzeit begab man sich unverzüglich auf die Suche nach Scott. Da halfen, angeleitet von dem Geologen, die Assistenzärzte, die Krankenschwestern und Matrosen, der Koch, der Geistliche, der Kapitän, keiner war sich zu schade. Selten hat man auf dem Südpol eine emsigere Gruppe gesehen. Noch erstaunlicher aber – denn in Abenteuerromanen wie diesem und bei allen Aktivitäten in klimatisch unwirtlichen Gegenden lassen Erfolgserlebnisse gewöhnlich seiten- oder wochenlang auf sich warten – erstaunlich also, daß schon nach einer Viertelstunde die eifrige Krankenschwester Nancy mit ihrem Eispickel um ein Haar den Leichnam verletzt hätte.

»Hier isser!« rief sie.

Die anderen eilten, so gut es auf dem Eis ging, herbei.

»Um 3 Fuß und 3 Inches falsch berechnet«, sagte der Geologe lächelnd und stolz und erwartete Lob.

»Meine alte Theorie«, sagte der Polarforscher, »das Eis verjüngt. Er sieht viel jünger aus, als man erwarten durfte.«

»Meine Damen und Herren«, rief Mortimer Woollcott und klatschte in die Hände, was nicht zu hören war, da der Chirurg wattegefütterte Fäustlinge trug. »Meine Damen und Herren, Sie haben hervorragende Arbeit geleistet, unsere Königin wird stolz auf uns sein. Aber die eigentliche Aufgabe steht uns noch bevor und für diese Aufgabe brauchen wir alle einen klaren Kopf. Darum geht jetzt bitte schlafen. Morgen wird das Empire ein Stück seines alten Glanzes zurückerhalten.«

Sie gehorchten Dr. Woollcott, zogen sich zurück, aber nicht alle begaben sich sofort zur Ruhe. Die Krankenschwester Nancy und der Geologe blieben noch ein wenig auf, da sie ihre Erlebnisse in Gedichtform festhalten wollten. Der Geologe behauchte und rubbelte seinen Füllfederhalter, bis die eisverklumpte Tinte wieder flüssig war, dann schrieb er:

Eiskalt ist die polare Sternennacht,
Warum hab' ich das mitgemacht?
Am Kamin säß ich gemütlich jetzt bei dir,
Statt dessen bin ich schnatternd hier.

Zwei Zelte weiter versuchte sich die Krankenschwester an einem autobiografischen Gedicht mit politischer Aussage:

Der Chauvi Scott ist längst verreckt,
ich hab sein Grab vorhin entdeckt.

Nancy überlegte noch eine Weile, dann gab sie auf und schrieb einen Brief an ihren Verlobten, uneingedenk der Tatsache, daß es weit und breit kein Postamt gab. Außer den Matrosen hatte jeder Schwierigkeiten einzuschlafen. Ein aufregender Tag stand bevor – würde es gelingen, Robert Scott wieder in die Gemeinschaft der Lebenden zu schmelzen? Am ruhigsten war seltsamerweise Dr. Woollcott, der seiner Sache vollkommen sicher zu sein schien. Er lag auf seiner Pritsche, nippte ab und zu an einem Gläschen Rum und las noch ein paar Seiten in einem guten Kriminalroman:

›Sie sagten selbst, die Leiche sei unversehrt in der Tiefkühltruhe gelegen‹, bemerkte der Inspektor.

›Stimmt‹, sagte die Witwe und schneuzte sich.

›Warum haben Sie dann nicht‹, fuhr der Inspektor fort, ›unverzüglich einen Arzt verständigt? Vielleicht wäre es möglich gewesen, Ihren Mann wieder aufzutauen.‹

›Ich kenne genug Mediziner, um zu wissen, daß derlei Humbug ist‹, setzte die Witwe in barschem Ton dagegen.

Der Inspektor hatte Mühe, ein Schmunzeln zu unterdrücken.

›Es kostete mich geringe Mühe herauszufinden‹, sagte er, ›daß Sie die Times abonniert haben. Selbst wenn Sie diese Zeitung nicht lesen, dürften Ihnen die Schlagzeilen der letzten Woche nicht entgangen sein. Jedermann im Empire, ob Leser der Times oder nicht, weiß inzwischen, daß es gelungen ist, den Polarforscher Scott aufzutauen und zu neuem Leben zu erwecken.‹

Die Witwe wurde blaß.

Woollcott klappte das Buch zu und war im Begriff, das Talglicht zu löschen als ihm bewußt wurde, was er da gerade gelesen hatte. Er schoß aus dem Bett und durchblätterte hastig das Buch, um jene Stelle wiederzufinden. Ihm war überhaupt nicht mehr kalt. Als er die Seite gefunden hatte, lief er schnurstracks zu der Hütte der Journalistin. Mit geballter Faust klopfte er an die Tür.

»Schlafen Sie schon?« brüllte er.

»Selbst wenn ich geschlafen hätte«, antwortete die Journalistin, »jetzt wäre ich wieder wach. Kommen Sie rein, die Tür ist unverschlossen.«

Mit einem Fußtritt öffnete Woollcott die Tür. Die Journalistin lag in ihrem Bett, in einer Ecke des Raumes hockte Reverend Smith und war mit einem Spirituskocher beschäftigt, auf den er einen Topf gesetzt hatte.

»Ich taue einen Klumpen Eis auf«, sagte Smith. »Ich dachte mir, etwas Weihwasser könne morgen eventuell ...«

»Lesen Sie das, Madame«, sagte Woollcott, nachdem er die Tür zugeknallt hatte. »Lesen Sie das und sagen Sie mir, was um alles in der Welt das zu bedeuten hat?«

Er reichte der Journalistin das aufgeschlagene Buch. Die Journalistin las die zitierte Passage, dann kniff sie die Augen zusammen und sagte: »Zufall, ausgedachtes Zeugs, alles Quatsch.«

»Woher wollen Sie das wissen?« keuchte der Chirurg. »Haben Sie während der letzten Wochen die Times gelesen? Vielleicht sind uns die Norweger schon wieder zuvorgekommen, haben unseren Scott geklaut ...«

»Moment«, unterbrach die Journalistin, »wer hat dieses Buch geschrieben?«

Sie blickte auf den Umschlag und rief: »Das habe ich

mir gedacht! Ezra Zwerg Rehnd – wer sonst könnte der Autor sein?!«

»Das verstehe ich nicht«, sagte Woollcott ein wenig hilflos. »Kennen Sie ihn?«

»Nicht persönlich«, sagte die Journalistin, »aber ich weiß, daß er eine erstaunliche Entwicklung durchgemacht hat. Vor wenigen Jahren noch hat er fast zwei Monate gebraucht, bis er einen Roman zu einem aktuellen Ereignis fertig hatte, allmählich bekam er so viel Übung, daß er schon nach einer Woche ein druckfertiges Manuskript abliefern konnte, seit der letzten Buchmesse erschienen seine Bücher zeitgleich mit den Ereignissen – und nun bereits vorher.«

»Dieser Rehnd scheint ein erstaunlicher Bursche zu sein«, sagte Woollcott bewundernd. »Nur eines verstehe ich nicht, was passiert, wenn die Ereignisse anders verlaufen als in den Büchern beschrieben? «

»Das macht nichts«, sagte die Journalistin. »Ehe es soweit ist, sind die Bücher wieder vom Markt verschwunden.«

»Das wäre geschafft«, sagte Reverend Smith, »das Eis ist aufgetaut, morgen früh segne ich das Wasser und dann kann's losgehen.«

»Dieser Rehnd!« sagte Woollcott kopfschüttelnd und ging in sein Zelt zurück.

Graupapageien, auch Delphine sind ungewöhnlich sprachbegabt. Doch hat man jemals von einem eloquenten Pinguin gehört? Im fernen Nepal, in Süd- und Mittelamerika, in einigen Staaten der Vereinigten Staaten, in Rumänien, Irland und Südfrankreich, natürlich auch in anderen Winkeln unseres Planeten, vor allem aber in den angeführten Gegenden gibt es Menschen, die in die Zukunft blicken können, für die es keine Überraschungen gibt, da sie die Geschicke der Welt immer wußten, immer wissen, zehn, manchmal zwanzig Jahre, manchmal ein Jahrhundert im voraus, je nach Begabung. Nicht nur die Zukunft der Welt, sondern auch die Zukunft neugieriger Kundschaft wissen sie zu erzählen, sei es, daß sie in Handlinien, Spielkarten, Kaffeesatz oder mysteriösem Gerät wie Glaskugeln zu lesen verstehen, sei es, daß sie ohne Hilfsmittel auskommen und durch bloßen Augenschein sich ihnen ein gnädiges oder schlimmes oder langweiliges Schicksal enthüllt. Doch hat man jemals von einem weissagenden Pinguin gehört? Wenn in diesen letzten Nächten die anderen schon schliefen, wenn Scott ein paar versehentlich übriggebliebene Zwiebackkrümel vom Tisch pickte, wenn Scott mit seinem Tagebuch beschäftigt war, um seine Erlebnisse und Gedanken niederzuschreiben, obwohl er hundemüde war, obwohl er sich lieber schlafen gelegt hätte, sich kaum noch wachhalten konnte, manchmal sogar tatsächlich für kurze Zeit einnickte, in diesen Nächten also erhielt er seltsamen Besuch. Ein uralter, leicht gebeugter, doch nach wie vor majestätisch wirkender Pinguin gesellte sich ins Zelt, eröffnete die Konversation regelmäßig mit etwas Small Talk, klagte beispielsweise über das schlechte Wetter, was ihm eine gute Gelegenheit bot, zu einem ernsthafteren Thema überzuleiten. Er schilderte, wie weit, wie ungewöhnlich weit das Eis dieses Jahr nach Norden gedrungen sei, daß auch ein Schiff robustester Bauart keine Chance mehr habe etc. Er legte überzeugend dar, welch untrügliche Meteorologen die Pinguine nun mal seien, mit Stürmen, mit Orkanen habe man zu rechnen, mit Kälteeinbrüchen in die Kälte.

»Keine Chance?« sagte Scott.

Der Pinguin schüttelte traurig den Kopf. Gerne hätte er dann ermutigend gelächelt, aber diese beinharten Vogelschnäbel, diese kleinen, runden, starren Knopfaugen lassen keinerlei Mienenspiel zu.

»Scott«, sagte der Pinguin, »Amundsen hat dir die Show gestohlen. Mach dir nichts draus. In sechzehn Jahren wird er auf dem Nordpol sein kühles Grab finden, um für ewig verschollen zu bleiben. Aber du, Scott, du wirst einige Jahre nach der Ermordung eines gewissen John Lennon und einige Jahre nachdem Gott beschlossen hat, nach New York zu ziehen und die Gestalt eines vierhundert Pfund schweren Transvestiten anzunehmen, von einem Team hochqualifizierter Wissenschaftler aufgetaut und zu neuem Leben erweckt werden.«

»Und dann?« fragte Scott.

»Das erzähle ich dir morgen«, sagte der alte Pinguin, »geh jetzt schlafen.«

Punkt acht Uhr wachte Mortimer Woollcott auf. Der Wecker, sämtliche Wecker im Lager hatten versagt, da sie bereits zehn Minuten nach Ankunft auf dem Südpol durchgerostet waren. Nicht umsonst war Dr. Woollcott auf seine ›innere Uhr‹ stolz, die noch nie versagt hatte. Er warf die Decke und Felle von sich und trieb wie ein Teufel Frühgymnastik. Die Hand- und Fingergelenke mußten geschmeidig werden, primitivste Voraussetzung zum Gelingen des bevorstehenden medizinischen Experiments. Er taute etwas Eis auf, um sich waschen und rasieren zu können, dann zog er sich an beziehungsweise um, denn am Pol schläft man in seinen Kleidern. Er weckte die anderen und trieb sie zur Eile an. Man frühstückte ausführlich; Cornflaces in stark alkoholhaltiger und daher nicht gefrierbarer Milch, getrockneten, total versalzenen Fisch, mit zwölf Vitaminen angereicherte Kraftkekse, dazu lauwarmen, labbrigen Tee. Alle rissen gequälte Witze, um ihre Nervosität zu überspielen, nur Reverend Smith hatte eine mörderische Laune, da sein Weihwasser über Nacht wieder gefroren war.

»Sind wir bereit?« rief Woollcott. Dann wandte er sich an Smith: »Los, beten Sie!«

»Davon taut das Weihwasser auch nicht wieder auf«, sagte der Geistliche.

»Ich meinte, ein Gebet könnte unserem Vorhaben nicht schaden«, sagte Woollcott verstimmt. »Aber es geht auch ohne. Erheben wir uns statt dessen und singen wir die Englische Nationalhymne.«

Sie standen auf und sangen feierlich das schöne Lied und ihr weißer Atem stob durcheinander.

Dann machten sie sich an die Arbeit. Mit batteriegetriebenen Polarsägen schnitten sie einen Kubus um den Leichnam und transportierten den eisigen Sarg in das Operationszelt. Dort hatten die beiden Assistenzärzte und Schwester Nancy mit ihrer Kollegin bereits alle Vorbereitungen getroffen. Alles lag bereit. Die Solarschmelzer, die Impulsatoren, die Odemballons, die Zerebralkatalysatoren, die Elektronteletüten, ein Röllchen Aspirin und so weiter.

»Er scheint sich über Nacht noch einmal verjüngt zu haben«, sagte der Polarforscher. »Ein Wissenschaftler ist erst dann glücklich, wenn die Praxis seine Theorie ...«

»Legen Sie die Operationsmasken an«, sagte Woollcott. »Es geht los.«

Was in den folgenden fünfundzwanzig Minuten geschah, blieb den Umstehenden, sofern sie nicht naturwissenschaftlich vorgebildet waren, ein völliges Rätsel. Wie auf Knopfdruck schmolz das Eis dahin und plätscherte in die Gummiwannen links und rechts des Operationstisches. Reverend Smith starrte mit gierigen Augen auf das Wasser. Mit äußerstem Geschick und affenartiger Geschwindigkeit handhabte Dr. Woollcott die Instrumente, ein Frankenstein des 20. Jahrhunderts, nur weniger dämonisch, weniger besessen, viel sachlicher, viel souveräner. Das Team war hervorragend aufeinander eingespielt, das konnte sogar ein Laie nicht übersehen. Woollcott und seine Mannschaft mußten jeden Handgriff hundertfach eingeübt haben. Je länger man zusah, desto geringer wurden die Zweifel am Gelingen dieses verwegenen Unterfangens, dennoch wußte jeder, daß der Ausgang des Experiments mehr als ungewiß war. Sollte es fehlschlagen, wäre vom medizinisch-moralischem Standpunkt aus kaum ein Vorwurf zu erheben, da es nur als unfein gilt, einen lebendigen Patienten zu Tode zu operieren, während ein toter Patient, selbst durch die grobsten Kunstfehler, in seinem Zustand unangetastet bleibt. In diesem Fall jedoch wurde buchstäblich jeder Handgriff von den Hoffnungen der Britischen Krone begleitet, Ermutigung und Bürde zugleich.

Wann ist ein Leichnam kein Leichnam mehr? Wenn die Finger zucken, die Lider, die Lippen? Wenn die Lunge zu arbeiten beginnt, wenn aus den Wangen die Blässe weicht?

»Das alles *können* Zeichen, Erfolgsmeldungen sein«, sagte Woollcott später. »Es hängt nur davon ab, inwieweit der Körper noch von technischen Hilfsmitteln abhängig ist. Für mich ist ein Organismus erst dann lebendig, wenn er *selbstständig* zu existieren in der Lage ist.«

Gut, der Körper zuckte, die Lippen bebten, die Kehle stieß ein ermutigendes Röcheln aus, aber noch immer war der Körper mit zahlreichen Kabeln und Elektrovivitoren und rätselhaft grün und rot blinkenden Apparaturen verbunden. Inzwischen ist die Geschichte des Südpols auch nicht mehr arm an Ereignissen, doch spannender noch als Scotts Wettlauf mit Amundsen war jener Moment, da Woollcott die letzten energiegeladenen Pfropfen vom Körper des Patienten entfernte. Man hätte jetzt eine Stecknadel fallen hören können. Zehn lange Sekunden lag der Körper reglos auf dem Operationstisch, niemand wagte zu atmen. Dann reckte der Körper die Arme, führte die Hände zum Kopf, um sich mit gewinkelten Zeigefingern den Schlaf aus den Augen zu reiben, er schlug die Augen auf, schien noch nichts wahrzunehmen, nichts zu begreifen, er schloß die Augen wieder und gähnte, gähnte unendlich lange.

»Champagner!« rief die Journalistin. »Er lebt!«

Woollcott nahm die Operationsmaske vom Gesicht, die anderen folgten seinem Beispiel.

»Ich danke euch«, sagte Woollcott, sich an die beiden Assistenzärzte und die Schwestern wendend. »Ich danke euch.«

»Wenn Sie mich fragen«, sagte Nancy, »ich hätte nie und nimmer geglaubt . . .«

»Ich auch nicht«, sagte Woollcott.

»Und es geschah«, sagte Reverend Smith, »da gefiel es Gott . . . es geschah . . .«

»Wie bitte?« sagte die Journalistin.

»Ich wollte nur vorschlagen«, sagte Smith, »ein kleines Gebet zu sprechen.«

»Meinetwegen«, sagte Woollcott.

Sie falteten die Hände und blickten auf ihre Schuhspitzen, da richtete sich der Patient auf seinem Operationstisch empor, sah verwirrt in die Runde und rief: »Wo bin ich?«

»Seltsam«, sagte die Journalistin, »er spricht Deutsch.«

»Scott!« rief Nancy. »Scott! Südpol. Amundsen! Schneesturm! Ponyfleisch! Tagebuch!«

»Ist Gott gekommen? «, sagte der Patient. »Hat es Papacostros geschafft?«

»Verdammt!«, brüllte Woollcott, »wir haben den falschen aufgetaut!«

Aus dem Tagebuch Dr. Mortimer Woollcotts

So ähnlich muß sich Scott gefühlt haben, als er nach Wochen fürchterlichster Strapazen am Horizont die norwegische Flagge sah. Dennoch, wissenschaftlich bin ich nicht gescheitert, ich habe mein Ziel erreicht – ich bin der erste, dem es gelungen ist, einen tiefgefrorenen Leichnam wieder zum Leben zu erwecken. Nur war es unglücklicherweise nicht der Leichnam Robert Falcon Scotts, was meiner, was unserer Anstrengung den Glanz des Sensationellen nimmt, ja sogar der Lächerlichkeit aussetzen könnte, wenn man sich diesen Jammerlappen ansieht, dem ich ein zweites Leben geschenkt habe. Offenbar hat die starke Unterkühlung, der er ausgesetzt war, Teile seines Gehirns in Mitleidenschaft gezogen, denn er redet wirres, unverständliches Zeug. Er lebe in New York, wo er für die Agentur Gottes Wunder erfinde, beinahe sei es ihm einmal gelungen, Gott persönlich zu begegnen, wäre ihm nicht vom Verzehr mehrerer Dutzend Hamburger schlecht geworden – so geht das den ganzen Tag. Er zeigt kaum Emotionen, nur wenn die Journalistin erwähnt, sie werde über die ereignisreichen Tage auf dem Südpol einen Roman schreiben, wird er wütend oder verfällt in tiefe Depression. ›Wieder nix‹, schluchzt er dann, ›wieder nix. Die schönsten Stoffe schwimmen mir davon, bloß weil . . .‹ Der Rest geht meist in einem Tränenmeer unter, nur noch vereinzelte Wörter sind dann auszumachen wie ›Egoisten‹, ›Scheißtypen‹, ›Nobelpreis‹.

Ein Blick in die Werkstatt

Nicht wenige Autoren sind der Ansicht, daß es jederzeit ihrem Belieben anheimgestellt sei, den Verlauf einer Erzählung zu bestimmen. Gottgleich thronen sie über den Geschehnissen, walten über Schicksale, deren glückliches oder unglückliches Ende allein ihnen obliegt. Auf der anderen Seite gibt es zahlreiche Autoren – und auch diese haben schon oft Preise erhalten – die die Theorie vertreten, von einem bestimmten Punkt an verselbständige die Handlung sich, gleite dem Schöpfer gewissermaßen aus der Hand, der dann nichts weiter mehr zu tun habe, als fleißig schreibend dem Willen der Erzählung zu gehorchen. Die vorliegenden Seiten sind ein glänzendes Beispiel für letztgenannte Theorie. Konnte anfangs der Autor noch nach Belieben den Nachwuchsschriftsteller aus Deutschland leben oder sterben lassen, so haben ihn die Ereignisse der Geschichte nunmehr eingeholt. Souverän hatte der Autor diese Figur in die Antarktis geschickt, um sich ihr für den Rest des Romans zu entledigen. Mittels kunstvoll geschmiedeter Dialoge versuchte der Autor, eine neue Hauptfigur einzuführen, den Chirurgen Dr. Woollcott nämlich, ein Mann voller Tatkraft und Phantasie und darum als Säule für einen Roman wie geschaffen, aber leider ein wenig allzu leichtgläubig, sonst hätte er dem Geologen nicht blindlings vertraut, als dieser den erstbesten Leichnam im ewigen Eis für den des legendären Scott hielt. Ist der Punkt erreicht oder bereits überschritten? Hat der Autor noch die Möglichkeit, diesen Schriftsteller ein zweites Mal sterben zu lassen, indem er ihm vielleicht einen Hubschrauber nach New York bestellt, dem dann mitten über dem Atlantik das Benzin ausgeht? Oder ist die Eigendynamik der Geschichte bereits soweit gediehen, daß keine Chance mehr besteht, einen Angestellten der New Yorker Gottesagentur und Südpolreisenden und Blödian loszuwerden?

Aus dem Tagebuch der Journalistin

Wäre schick, wenn mein Buch in mehreren Sprachen gleichzeitig erschiene. Habe mich bislang zu sehr auf den Bericht der Tatsachen beschränkt. Muß unbedingt noch etwas über Scott und die Entdeckung des Südpols, ein paar einfühlsame Psychogramme über unsere Expeditionsteilnehmer und ein wenig Sex einfließen lassen. Kann mich erinnern, auf einer Cocktailparty in London einen entfernten Verwandten Scotts kennengelernt zu haben. Muß ihn auftreiben und überreden, ein ausführliches Vorwort zu schreiben. (Pauschalhonorar, keine Beteiligung am Umsatz!) Habe keine Lust, den ganzen Südpolquatsch selbst zu recherchieren. Psychogramme nicht wissenschaftlich, sondern belletristisch. Erinnere mich an Vorlesung über Henry James (?) – seelische Zustände projizieren: wenn Held übel gelaunt, schlechtes Wetter etc. Sex wird schwierig, darf nichts erfinden, da nachprüfbar. Muß wohl um des Buches willen mich opfern und mit irgend jemandem hier ein Verhältnis anfangen. Woollcott wäre am besten, kommt aber nicht in Frage, interessiert sich nur für Krimis, das Empire und Operationen. Reverend Smith wäre leicht rumzukriegen, sicher will er aber vorher beten und dann kann ich nicht mehr.

Bleibt nur noch der Geologe, auch ein ziemlicher Schwachkopf; er hat das ganze Desaster mit dem falschen Scott zu verantworten. Vorgestern hat der Geologe versucht, sich zu erhängen, aber der Innenraum seiner Hütte ist nur 1 Meter 50 hoch. Er knüpfte das Seil an den Dachbalken, legte die Schlinge um seinen Hals, verharrte kurz in halb hockender Stellung und riß dann die Beine empor. So baumelte er eine gute Viertelstunde in seiner Schlinge, bis ihn ein Wadenkrampf zum Aufgeben zwang. Der gutmütige Woollcott gibt sich alle Mühe, ihn wieder aufzumöbeln. Er erzählt ihm die unglaublichsten Columbus-Anekdoten. Columbus, diesem großen Entdecker, seien Mißgeschicke passiert, daß den Spaniern vor Entsetzen die Schnürsenkel aufgegangen seien. Und Columbus habe es doch wirklich zu etwas gebracht, von ihm spreche man heute noch und so weiter. (Notiz für meinen Roman: ›Der Schneesturm der letzten Tage legte sich, der Geologe und ich saßen Hand in Hand vor dem Zelt, als die Sonne aufging und das Eis der Antarktis in jenes Land des puren Goldes zu verwandeln schien, nach dem Marco Polo (?) so lange vergeblich gesucht hatte.‹)

Deprimierter noch als Woollcott war der Geologe, der sich für das ganze Desaster voll verantwortlich fühlte und einen kindischen Selbstmordversuch machte, so kindisch, daß er hier nicht näher beschrieben werden soll. Woollcott, obgleich selbst nicht bester Laune, kümmerte sich rührend um ihn. Der Geologe faßte wieder Mut. Der Schneesturm legte sich, die Sonne schien und Woollcotts väterliche Worte taten ein übriges. Der Geologe wurde tatendurstig. Ausgerüstet mit einem Zelt, einer Qualitätsdecke, mehreren Dauerwürsten, mit Generalstabskarten, Taschenrechner und zwei Polarhunden begab er sich erneut auf die Suche nach Scotts Grab. Schon nach zwei Tagen kehrte er zurück. Diesmal sei jeder Zweifel ausgeschlossen, Scotts Grab, Scott himself sei entdeckt. Erst sei er, der Geologe, nach Süden gewandert, habe dann seine Berechnungen überprüft und seine Schritte wieder gen Norden gelenkt, bis er, nur wenige Meter neben dem Operationszelt, das Grab des gefeierten Briten, mehr aus Zufall denn aus arithemtischem Gewurstel, wie er zuzugeben leider gezwungen sei, entdeckt habe.

Wann ist ein Leichnam kein Leichnam mehr? Vielleicht wenn der Chirurg noch nicht ganz fertig ist und ein aufgetauter, aber mit Kabeln versehener Polarforscher sich dunkel, halb träumend eines Pinguins erinnert, sich erinnert, wie der Pinguin ins Zelt kam, über die harten Zeiten klagte, über die rückläufigen Fischbestände, sich dann ganz allgemein über die Tierwelt ausließ und alsbald auf die Frage zu sprechen kam, warum Scott statt der bewährten Hunde um alles in der Welt darauf bestanden habe, Ponys mitzunehmen und das, obwohl doch der Kollege Shackleton ein paar Jahre zuvor mit Ponys grauenhaft auf die Nase gefallen sei? War es Starrsinn, wollte der Pinguin wissen, nur weil Shackleton Ponys für untauglich erklärt hat... Nein, Starrsinn sei es auf keinen Fall gewesen, eher schon eine grundsätzliche Abneigung gegen Hunde, den Ausschlag habe schließlich der Umstand gegeben, daß ein Hund fast komplizierter als ein Mensch beschaffen ist, denn was immer ein Hund tut oder läßt, es kann als Krankheitssymptom gedeutet werden: ein Hund, der plötzlich mehr frißt und dennoch abnimmt, hat wahrscheinlich einen Bandwurm, ein Hund der weniger frißt und zunimmt, leidet möglicherweise an Verdauungsstörungen, ein Hund, der überdurchschnittlich viel Wasser trinkt, hat gewöhnlich Zucker oder ein Nierenleiden, ein Hund, der seine Trinkgewohnheiten nicht ändert, aber auffallend häufig uriniert, hat mit einer Blaseninfektion zu kämpfen, während eine mehr als zwei Tage lang anhaltende Apathie auf Halsweh oder Hinterleibskrämpfe schließen läßt, die trockene, warme Schnauze kann alles bedeuten, Vorsicht ist auch geboten, wenn der Hund einen verstärkten Eigengeruch ausströmt, zumal wenn sich ständiges Schütteln und Kratzen hinzugesellen, alarmierende Hinweise auf Flöhe und Mittelohrentzündung, während auffallender Speichelfluß die ersten Anzeichen von Karies und Zahnausfall, ständiges Wimmern und Zittern, für eine fortgeschrittene Arthritis sind, so wie sich Bindehaut- und Harnröhrenentzündung, Allergien und aufkeimende Geschwüre mittels triefender Augen ankündigen, häufig genug auch Vorboten unheilbarer Magenkrankheiten, derer rapider Verlauf durch besonders vitaminhaltige Nahrung manchmal noch ein wenig verzögert werden kann. Da Hunde aber ständig mehr oder weniger Wasser trinken, trockene, warme Schnauzen und triefende Augen haben, pausenlos sabbern, winseln und zittern, sich unausgesetzt kratzen und schütteln, habe man auf der Antarktis, wo man auf diese Viecher angewiesen ist, keine ruhige Sekunde mehr, sei dauernd um ihren Gesundheitszustand besorgt, komme nicht mehr zur eigentlichen Arbeit, der Entdeckung des Südpols nämlich. Außerdem haben Hunde die Angewohnheit, Polarforscher durch unermüdliches Gekläff an der Nachtruhe zu hindern, ein Grund mehr, es mit den gutmütigen, nur gelegentlich wiehernden Ponys zu versuchen.

›Deine Entscheidung war falsch und richtig zugleich‹, sagte der Pinguin. ›Falsch, weil Ponys auf dem Südpol so geeignet sind wie Eisbären in der Sahara und richtig, weil du dich zwar, kurzfristig gesehen, ins Verderben gestürzt hast – morgen wirst du erfrieren – doch nur, um in ein paar Jahrzehnten zu neuem Leben erweckt zu werden.‹

›Bin ich Jesus?‹ fragte Scott unsicher.

›Von wegen Jesus‹, sagte der Pinguin. ›Aber immerhin so etwas Ähnliches. Du bist ausersehen, dereinst die Welt zu retten, nicht die Menschheit.‹

›Die Welt, aber nicht die Menschheit?‹ sagte Scott, der kein Wort verstand.

›Merke dir gut, was ich dir jetzt sage‹, sagte der Pinguin.

Er trat noch näher an Scott hinan und flüsterte ihm eine ausführliche Botschaft ins Ohr. Scott mußte wiederholt lachen, teils weil ihn die Gedanken des Pinguins amüsierten, teils weil dessen Schnabel die kitzligen Haarbüschel in seinem Ohr berührten.

Aus dem Tagebuch der Journalistin

Woollcott war sichtlich nervös. Er wußte, daß diesmal wirklich Scott auf dem Operationstisch lag. Und er wußte, daß er sich diesmal keinen Fehler würde erlauben können, hatte er doch bewiesen, daß es möglich ist, einen tiefgefrorenen Menschen aus seinem Totenschlaf zu wecken. Unendliche Erleichterung daher, als Woollcott die letzten Kabel entfernte, Scott sich aufrichtete und deutlich sagte: »Lebt mein Freund noch, der alte Pinguin?«

Da dieser Satz ebenso wirr und sinnlos war wie die ersten Äußerungen des deutschen Schriftstellers, sah Woollcott seine Vermutung bestätigt, daß extreme Unterkühlung der Gehirnfunktion schadet.

Scott ist ein rüstiger Mann und macht sich viel besser als dieser Schriftsteller. Er entwickelt einen solchen Appetit, daß unsere Vorräte an Cornflakes und getrocknetem Fisch schneller zu Ende gehen als geplant. Scott macht jeden Tag Liegestütze und Atemübungen, sein Körper ist durchtrainiert, nur von einigen Frostbeulen verunstaltet, was mich weiter nicht stört. Ich glaube, ich bin es meinem Buch schuldig, den Geologen fallenzulassen und ein Verhältnis mit Scott anzufangen.

Machte Scott gestern ein paar ziemlich eindeutige Avancen. Redete sich fadenscheinig raus, er müsse noch ein paar Liegestützen nachholen und sei dann zu Woollcott bestellt, um seine Gehirnströme untersuchen zu lassen. Vielleicht eine notwendige Maßnahme, denn er redet noch immer von dem alten Pinguin.

»Jesus war Gottes Sohn«, verabschiedete er sich, »und ich bin der Prophet des Pinguins.« – Ich erzählte es später Woollcott. Heilung sei langfristig eventuell möglich – im Moment wenig Hoffnung.

Scott überhäuft mich mit Detailinformationen über die Antarktis und seine Expeditionen, um mir zu beweisen, daß er geistig voll auf der Höhe ist. Kann ihm nur glauben oder nicht glauben, hätte vor meiner Abfahrt doch noch ein wenig recherchieren sollen. Hat mir einen unendlichen Vortrag über die Anfälligkeit von Hunden und die Untauglichkeit von Ponys gehalten. Habe nicht gewußt, daß es auf dem Südpol Pferde gibt. Fragt mich unentwegt, ob ich die Möglichkeit habe, eine wichtige Botschaft in allen Zeitungen der Welt gleichzeitig erscheinen zu lassen? Versichere ihm, daß dies kein Problem für mich sei, müsse allerdings den Inhalt der Botschaft kennen. Die üblichen Ausreden.

Nachdem Scott gestern zu Bett gegangen war, kam Woollcott auf ein Thema zu sprechen, das uns alle schon seit Tagen beschäftigt. Scott hatte seit seinem Tod während der Monatswende März-April 1912 keinen Kontakt mehr mit der zivilisierten Welt gehabt.

»Wäre er«, sagte Woollcott, »in London wieder zum Leben erweckt worden oder auch nur in Oxford oder Nottingham, der psychische Schock wäre derart groß gewesen, daß er nicht mal eine Woche überlebt hätte. Allein der Verkehrslärm, die ganzen technischen Einrichtungen und Errungenschaften – Ampeln, Flugzeuge, Staubsauger . . .«

»Fernseher, Computer, Müllschlucker, elektrische Bügeleisen«, sagte Schwester Nancy.

»Außerdem«, sagte der Chirurg, »muß er auch über die Geschichte der letzten Jahrzehnte aufgeklärt werden. Er hat keine Ahnung von den beiden Weltkriegen, von Neutronenbomben, von Langstreckenraketen ...«

»Nicht einmal von Mittelstreckenraketen«, warf der Geologe ein.

»Ganz richtig«, sagte Woollcott, »wir müssen ihn behutsam aufklären. Und wir sollten heute damit anfangen, denn wenn er weiter so unbotmäßig viel frißt, müssen wir nächste Woche abreisen.«

»Wir hätten ihm ein paar Fotos von den verkehrsverstopften Straßen Londons mitnehmen sollen«, sagte Nancy, »und ein paar Tonbänder mit aktuellen Straßen- und Kriegsgeräuschen.«

»Eine verdammt gute Idee«, sagte Woollcott, »nur ein wenig zu spät.«

Heute lud Woollcott Scott betont freundlich ein, mit uns im Gemeinschaftszelt Tee zu trinken. Nach der dritten Tasse zündete sich Woollcott eine Zigarre an, lehnte sich zurück und sagte: »Well, Mr. Scott, die Zeiten ändern sich und stimmte ein gutmütiges versöhnliches Lachen an, in das die anderen zögernd einfielen. Dann erklärte er in einem fundierten Monolog wie es, aus britischer Sicht, zum Ersten Weltkrieg kam.

»Genau meine Ansicht«, sagte Scott, »Deutschland hat diesen Krieg angezettelt, dennoch waren die Versailler Verträge ein Fehler.«

Woollcott riß die Augen auf.

»Moment – ich habe doch die Versailler Verträge noch mit keinem Wort erwähnt!« sagte er.

»Aber der Pinguin«, sagte Scott. »Wenn er recht hatte, waren es vor allem die Reparationszahlungen, die

Deutschland auferzwungen wurden, der Humus, auf dem der Hitlerfaschismus gedeihen konnte.«

»Hitler?!« rief Woollcott außer sich. »Höre ich recht, Hitler?!«

»Oder hieß er anders?« sagte Scott. »Der Pinguin hat jedenfalls von einem österreichischen . . . «

»Ja, er hieß Hitler«, sagte Woollcott sich den Stirnschweiß mit einem Wattebausch abtupfend.

»Teufel ja«, sagte Scott, »als mir der Pinguin dann die Schrecken des Zweiten Weltkriegs schilderte, dachte ich, lieber hier erfrieren, als das alles . . .«

Woollcott wurde rot vor Wut und schlug mit der Faust auf den Tisch.

»Wer war dieser Pinguin wirklich?« rief er.

»Nur ein Pinguin«, sagte Scott. »Sehr alt, sehr räudig, sehr würdevoll.«

»Und wo ist er jetzt?« frage Woollcott.

»Vermutlich hier irgendwo unter der Eisdecke, erfroren und wohlkonserviert«, sagte Scott.

»Auf der Suche nach diesem einzigartigen Pinguin!« sagte Scott und sah den Geologen ermutigend an.

»Well«, sagte der Geologe, »nach meinen Berechnungen ruhen etwa vier Milliarden Pinguine im ewigen Eis des Südpols, wenn wir die alle auftauen . . .«

»Schon gestorben«, sagte Woollcott und setzte sich neben Scott und bot ihm eine Zigarre an und legte seine Hand auf Scotts Unterarm. Er wollte etwas mehr über den Pinguin erfahren. Aber Scott konnte nur wiederholen, daß sich der Pinguin äußerlich durch nichts von seinesgleichen unterschieden habe, daß er allerdings akzentfrei Englisch sprach und mit Fähigkeiten ausgestattet war, um die ihn mancher Profiwahrsager beneidet hätte.

»Ist das alles?« fragte Woollcott.

»Das ist alles«, sagte Scott.

Als das Flugzeug in London landete, stand an der Gangway Prinz Philip, der es sich, trotz seines fortgeschrittenen Alters, nicht hatte nehmen lassen, Robert Scott und die Teilnehmer der Expedition persönlich zu begrüßen. Ein Symphonieorchester intonierte die Nationalhymne. Der Prinzgemahl hatte jede Menge Orden dabei, die er großzügig verteilte. Aus Sicherheitsgründen hatte man die Journalisten, die aus aller Welt angereist waren, hinter eine hundert Meter entfernte Barriere verbannt. Im Kampf um die vordersten Plätze wurden einige Journalisten von ihren Kollegen zu Tode gequetscht oder heimlich erwürgt. Die toten Journalisten wurden durch die Barriere auf ein Rollfeld geschoben und sogleich vom flughafeneigenen Reinigungsdienst abtransportiert. Einigen Pressefotografen war es jedoch gelungen, als Signallampen verkleidet, in unmittelbare Nähe der Gangway zu gelangen und das historische Ereignis im Bild festzuhalten.

Die Fahrt zum Buckingham Palace wurde ein einziger Triumphzug. Halb London war auf den Beinen, um Scott und Woollcott und ihren Begleitern zuzujubeln. An jeder Ecke hatten Händler ihre Stände aufgeschlagen und verkauften den unglaublichsten Kitsch, der jedoch reißenden Absatz fand: Aschenbecher in Form des Südpols, Prozellanpinguine als Nachttischlampen, T-Shirts mit schreiend bunten Motiven, etwa Scott und Lady Diana einen Polarhund streichelnd oder Philip und die Queen den blaugefrorenen Scott aus einem Eisloch ziehend. Einige Londoner Familien hatten sich eine besondere Überraschung ausgedacht und Feuerwerkskörper an den Gittern ihres Balkons angebracht, Knallfrösche und kleine Pappraketen, die in patriotischer Begeisterung versehentlich mit Dynamit und Napalm gefüllt worden waren und entsprechende Folgen hatten. Ein paar Häuserzeilen brannten nieder, die wenigen Einwohner, die sich in letzter Sekunde retten konnten, mischten sich fröhlich winkend unter die enthusiastische Menge auf den Trottoirs.

Der Buckingham Palace glich einem Tollhaus. Wie eine Furie schoß die Queen durch die Säle und gab Anweisungen – dort fehle ein Kandelaber, der rote Teppich sei noch nicht ausgerollt, hier sei der Tisch nicht protzig genug gedeckt, gleich kämen die Gäste, die Spiegel im zweiten Stock seien noch nicht geputzt, es sei zum Verzweifeln und so weiter – kurz, seit dem Vorabend ihrer Krönung hatte man Elisabeth II. nicht mehr so nervös gesehen. Als dann aber, wie das Unglück es wollte, alle Gäste – Scott und seine Leute, die Angehörigen der weitverzweigten königlichen Familie und an die fünfzehntausend Mitglieder des britischen Hochadels – gleichzeitig eintrafen, war sie wieder ganz ruhige, souveräne, majestätische Gastgeberin, die jedem freundlich die Hand drückte. Als sie endlich die letzten Gäste begrüßt hatte und sich in das Innere des Palastes begeben konnte, war von dem kalten Buffet kein Krümel mehr übrig.

»Fuck!« sagte die Queen, aber gottlob so leise, daß niemand diese fürchterliche Entgleisung gehört hatte. Sie machte sich auf die Suche nach Philip; in diesem Gewühl ein aussichtsloses Unterfangen. Nach einer halben Stunde gab sie auf und ging zu Bett.

Philip und Scott saßen derweil auf verrosteten, vergessenen Gartenstühlen unter einer Ulme im Park. Der

Lärm des Festes drang nur gedämpft zu ihnen. Scott hatte eine Flasche Rum mitgebracht.

»Darf ich nachschenken?« sagte Scott.

»Nur noch halb voll«, sagte Philip.

»Schön haben Sie es hier«, sagte Scott.

»Nicht übel«, sagte Philip. »Soll ich mich auch einfrieren lassen? Was meinen Sie?«

»Kommt drauf an«, sagte Scott.

»Natürlich«, sagte Philip. »Reden wir morgen darüber. Ihr Zimmer ist im zweiten oder dritten Stock. Sie werden sich schon zurechtfinden.«

»Mein Zimmer ist südsüdöstlich von unserer Ulme«, sagte Scott.

»Mag sein«, sagte Philip. »Kommen Sie.«

»Soll ich die Gläser mit reinnehmen?« fragte Scott.

»Ach was«, sagte Philip, »wir haben genug Diener.«

(UPI) Gestern Vormittag gab Robert F. Scott in London eine Pressekonferenz. Mr. Scott dankte in seinen einleitenden Worten Ihrer Majestät und der Londoner Bevölkerung für den freundlichen, warmherzigen Empfang. Nachdem Mr. Scott die Fragen der Journalisten beantwortet hatte, kam er auf jenen erstaunlichen Pinguin zu sprechen, über den wir in letzter Zeit schon mehrfach berichtet hatten. Dieser Pinguin habe nicht nur fehlerlos sämtliche historischen Ereignisse und wissenschaftlichen Sensationen geweissagt, sondern auch mit erschreckender Genauigkeit den gegenwärtigen Zustand der Welt beschrieben. Für die Menschheit gebe es keine Rettung mehr, sie habe lediglich die Wahl, sich in einem Atomkrieg selbst zu vernichten oder gemächlich auszusterben. Selbstverständlich sei die zweite Lösung vorzuziehen, die aber habe nur Aussicht auf Erfolg, wenn sämtliche Regierungen der Welt ein sofortiges, ausnahmsloses und unbegrenztes Zeugungsverbot erlassen. Diese Erklärung Mr. Scotts löste tumultartige Szenen unter den anwesenden Journalisten aus, die sich sogleich in zwei Lager spalteten, lodernde Befürworter und tobende Gegner des Zeugungsverbots.

In einer uns vertrauten New Yorker Agentur saßen Stan Papacostros, der deutsche Nachwuchsschriftsteller und Gott. Die UPI-Meldung hatte sie in höchste Alarmbereitschaft versetzt.

»Wenn nicht bald etwas geschieht«, sagte Papacostros, »wird uns dieser Scott noch die ganze Schau stehlen.«

»Welche Schau?« höhnte Gott. «Wenn nicht bald etwas geschieht, werde ich mir einen neuen Agenten suchen.»

»Wir sitzen hier, um eine langfristige Strategie zu entwickeln«, sagte Papacostros. »Scotts Vorschlag wird weltweit diskutiert werden, und zwar in sämtlichen Parlamenten, in sämtlichen Zeitungen und Radio- und Fernsehanstalten. Auch die UNO wird nicht umhin können, dieses Thema zur Sprache zu bringen.«

»Angenommen, die Befürworter des Zeugungsverbots gewinnen in den Parlamenten die Oberhand«, sagte der Schriftsteller, »was dann?«

»Sie werden die Oberhand gewinnen«, sagte Papacostros.

»Dann sitzen wir in der Tinte«, sagte der Schriftsteller.

»Im Gegenteil«, erwiderte Papacostros, »wir werden die Massen, die gegen das Zeugungsverbot sind, hinter uns bringen und mit Hilfe einer gewaltigen Werbekampagne immer mehr Anhänger gewinnen. Die katholische

Kirche wird ohnehin jeden exkommunizieren, der sich zu zeugen weigert.«

»Wenn alle Stricke reißen«, sagte Gott, »steht es in meiner Macht, sämtliche Mädchen der Welt auf einen Schlag schwanger werden zu lassen.«

»Das widerspräche dem Geist der Amerikanischen Verfassung«, sagte Papacostros, »die die Entscheidungsfreiheit des Individuums garantiert. Es gibt schließlich auch noch die Werbung.«

»Schon gut«, sagte Gott, »war ja nur ein Vorschlag.«

»Wir müssen das Königreich Gottes propagieren«, sagte der Schriftsteller.

»Falsch!« sagte Gott. »Warum soll mein Reich ein Königreich sein? Millionen Menschen haben es satt, in Königreichen zu leben. Die letzten Umfragen in England und Dänemark haben ergeben ...«

»Ein guter Einwand«, bestätigte Papacostros. »Wir müssen in jeder Nation anders vorgehen.«

»Wir müssen über jedes Land der Erde so viele Informationen wie nur möglich zusammentragen«, sagte der Schriftsteller.

»Auf jeden Fall wird es ernst«, sagte Papacostros. »Wir sollten expandieren. Wir brauchen ein geräumiges, repräsentatives Büro mit Marmorfußböden, seidenen Tapeten und eigens für uns entworfenen und hergestellten Möbeln. Außerdem sollten wir eine Telefonistin einstellen, die auch die anfallende Sekretariatsarbeit erledigt.«

»Einverstanden«, sagte Gott, »aber der Flipper muß mit.«

Am folgenden Sonntag erschien in der New York Times folgende Annonce:

AGENTUR MIT WELTNIVEAU
sucht zum baldmöglichsten Termin
gutaussehende, polyglotte und umfassend gebildete

TELEFONISTIN

Zuschriften mit Foto, Lebenslauf und
Referenzen an die Expedition

Selbst die ältesten Mitarbeiter in der Anzeigenabteilung der New York Times konnten sich nicht erinnern, daß ein Stellenangebot jemals eine ähnliche Flut von Zuschriften ausgelöst hat. Papacostros war verzweifelt; bis unter die Decke seiner Agentur stapelten sich die Briefe, es würde Wochen, wenn nicht Monate dauern ... nein, so hatte das keinen Sinn, nur Gott alleine konnte hier helfen. Als Gott, herbeigeholt durch einen telefonischen Hilferuf, die Agentur betrat, erschrak er gewaltig.

»Sie Teufelsbraten«, rief er, »Sie haben den Flipper verkauft!«

»Aber nein«, jammerte Papacostros, »Flipper, Pepsiautomat, Harmonium, alles ist hinter und unter diesen Postbergen verschwunden.«

»Meiner Treu!« rief Gott. »Haben Sie eine Heiratsannonce für mich aufgegeben?«

»Keine Spur«, sagte Papacostros. »Ich suche eine Telefonistin.«

»Die Annonce in der New York Times«, sagte Gott. »Das nenne ich eine positive Reaktion. Wie wollen Sie das um himmelswillen alles bewältigen?«

»Darum geht es«, sagte Papacostros. »Es ist menschenunmöglich, sich durch diese Zentnerladungen durchzuarbeiten. Ziehen Sie mit göttlichem Finger einen Brief heraus – und die soll's dann sein.«

»Wofür halten Sie mich?!« sagte Gott empört. »Für einen Jahrmarktszauberer, für einen Spielkartenkünstler?«

»Wenn Sie mich durch die Lüfte transportieren, Cola in französischen Landwein und angeblich sämtliche Frauen der Welt schlagartig schwängern können, sollte es Ihnen eigentlich auch gelingen, ohne größere Umstände eine Telefonistin auszuwählen.«

»Cola, Schwangerschaften und dergleichen sind überirdische Dinge«, sagte Gott, »in Dingen des banalen Alltags bin ich machtlos.«

»Einen Versuch ist es wert«, sagte Papacostros, »und bitte vergeben Sie mir meinen Ausbruch.«

»Schon gut«, sagte Gott. »Eine meiner lästigsten Aufgaben ist es übrigens, dauernd vergeben zu müssen. Here we go.«

Gott griff willkürlich (?) in das Massiv der Bewerbungsschreiben und schwenkte eine Sekunde später einen Brief in seiner Hand.

»Am besten«, sagte Papacostros, »Sie öffnen das Couvert und lesen den Brief gleich vor.«

»Die soll's also sein?« sagte Gott.

»Die und keine andere«, sagte Papacostros.

»Auf Ihre Verantwortung«, sagte Gott. »Vielleicht haben wir Glück.«

Er öffnete das Couvert, entnahm und entfaltete den Brief, kniff die Augen zusammen und las vor:

»›Sehr geehrte Herren, trotz meiner 62 Jahre ...‹«

»Verdammt!«, rief Papacostros. »Ein totaler Mißgriff!«

»Typisch«, sagte Gott, »ältere Menschen haben in dieser Gesellschaft keine Chance.«

»So war das nicht gemeint«, sagte Papacostros.

»Natürlich war das so gemeint«, sagte Gott. »Ich fange noch einmal von vorne an: ›Sehr geehrte Herren, trotz meiner 62 Jahre hege ich die berechtigte Hoffnung, Ihren Ansprüchen zu genügen. Ursprünglich stamme ich aus dem Hotelgewerbe, bin also von klein auf den Umgang mit Menschen und Sprachen aus aller Welt gewohnt. Später habe ich mich karitativen Tätigkeiten gewidmet und habe mir dabei nicht die angenehmsten Gegenden unseres Erdballs ausgesucht, ich ließ mich immer von dem Gedanken leiten: Wo die Not am größten ist, da wirst du gebraucht ...‹«

»Hören Sie«, unterbrach Papacostros, »ich suche nicht die Wiedergeburt von Florence Nithingale, sondern eine dynamische Telefonistin.«

»Florence Nightingale war eine wunderbare Frau«, sagte Gott, »als Telefonistin allerdings nicht zu gebrauchen, da sie blind, stumm und taub war.«

»Das war Helen Keller«, sagte Papacostros schlechtgelaunt.

»Richtig«, sagte Gott, »das war Helen Keller. Eine kleine Verwechslung, bitte um Verzeihung. Also weiter: ›... Not am größten ist, wirst du gebraucht. Auf diese Weise lernte ich noch, wenigstens in ihren Grundzügen, ein halbes Dutzend weiterer Sprachen und Dialekte. Ich habe mich vor einem halben Jahr nach New York zurückgezogen, möchte aber wieder am aktiven Leben teilnehmen. Leider kann ich Ihnen nicht mit einem Foto dienen. Ein persönliches Gespräch wird alle offenen Fragen klären. Lassen Sie bald von sich hören. Hochachtungsvoll Sabine Huber.‹«

»Entsetzlich«, sagte Papacostros. »Ich kann mir nicht denken, daß sich unter diesen zwei Millionen Briefen ein ähnlich idiotisches Bewerbungsschreiben findet.«

»Vereinbaren Sie einen Termin mit der Dame«, sagte Gott und ging seiner Wege.

Scotts Ruf nach einem totalen Zeugungsverbot war bald Tagesgespräch in ganz England. Im Fernsehen, in Zeitungen, bei Podiumsdiskussionen lieferten sich Publizisten, Theologen, Soziologen, Zukunftsforscher, Politiker und der einfache Mann von der Straße erbitterte Wortgefechte. Spontane und weltweite Unterstützung erhielten die Befürworter des Zeugungsverbots von emanzipierten Frauen, Homosexuellen beiderlei Geschlechts, Prostituierten, Einsiedlern und Eunuchen. Auf Regierungsebene wurde das Zeugungsverbot, wider Erwarten, zuerst in der Bundesrepublik Deutschland diskutiert. Ein paar wichtige, ausländische Staatsmänner hatten kurz nacheinander die Hauptstadt mit ihrem Besuch beehrt, und so hatte man volle zwei Wochen vergessen, neue Bestimmungen, Ver- und Gebote zu erlassen, was ohnehin schwierig genug gewesen wäre, da bereits so gut wie alles verboten war. Schon drohte eine Identitätskrise aller im Bundestag vertretenen Parteien, da kam die rettende Idee aus England. Ohne eine Sekunde zu verlieren, machten sich die Beamten des Justizministeriums ans Werk und legten schon am Nachmittag desselben Tages ein Paragraphenwerk vor, das einen stufenweisen Zeugungsverbotsplan vorsah. In der Präambel wurde ausdrücklich festgehalten, die Bundesrepublik sei eine ausländerfreundliche Nation, die nur das Wohl Südeuropas verfolge, wenn sie Türken, Italienern, Spaniern, Griechen und Jugoslawen mit sofortiger Wirkung verbiete, sich auf dem Boden oder in den Betten der BRD fortzupflanzen. Engländer, Amerikaner, Skandinavier etc. seien denselben Bestimmungen wie die Deutschen unterworfen, Bürger aus dem Ostblock, insbesondere der DDR, mögen es noch ein weiteres Jahr treiben.

Ganz anders reagierte man in England. Ein paar steinreiche Befürworter der ersten Stunde erwarben Prachtbauten in London und Herrensitze in den feinsten Gegenden der Insel, Gebäude, die jahrhundertelang die glänzendsten Adelsgeschlechter beherbergt hatten und die wegen der hohen Inflationsrate von den Nachkommen einst millionenschwerer Berater Heinrich VIII. und anderer Herrscher zu wahren Spottpreisen verschleudert werden mußten und in denen nun die monatlichen Zusammenkünfte exklusiver Onanierclubs stattfanden. Zugelassen waren nur Männer. Aufnahmegebühr und Jahresbeiträge waren enorm und verschlangen manchmal die gesamten Ersparnisse eines Mitglieds. (Andererseits wurden bestimmte Personen auch gratis aufgenommen, Geburtshelfer und Säuglingspfleger etwa, die ihrem Beruf abgeschworen hatten.) Das Geld wurde nutzbringend angelegt – die besten Stripteasetänzerinnen aus Frankreich, Brasilien, Mexiko und der Schweiz wurden engagiert. Sie zeigten ihre Kunst auf raffiniert beleuchteten Bühnen. Die Männer saßen in Reih und Glied im Zuschauerraum, strampelten vor Vergnügen, knöpften alsbald ihre Hosen auf und onanierten, daß es in die Bärte ihrer Nachbarn spritzte. Überall lagen obszöne Fotos und Zeitschriften aus, die man an Ort und Stelle benutzen oder beliebig lange ausleihen durfte. Ehrenpräsident all dieser Clubs war Robert Falcon Scott, der sich allerdings nie blicken ließ, da er ein ruhiges, bescheidenes Leben in seiner Wohnung in der Bakerstreet bevorzugte. Er liebte es, am flakkernden Kamin in seinem Wohnzimmer zu sitzen und die zahllosen Scott-Biografien zu lesen. Manchmal kam Mortimer Woollcott vorbei, um die Spätfolgen Scotts jahrzehntelanger Unterkühlung zu untersuchen.

»Na, und sonst?« pflegte Woollcott dann zu fragen, während er sein Stethoskop einpackte.

»Kann nicht klagen«, pflegte Scott zu antworten. »Wie wär's mit einem Whisky?«

»On the rocks«, sagte Woollcott regelmäßig.

Scott holte dann Whisky und Gläser und Eiswürfel. Der Arzt und der Polarforscher betranken sich. Und immer nach dem fünften Glas beugte sich Woollcott vor und sagte: »Mal Hand aufs Herz, hat dieser Pinguin wirklich existiert?«

Und Scott erhob sich schwankend Mal für Mal, erhob die Hand zum Schwur und sagte: »Er hat.«

Bald war die Kunde von der Idee des Zeugungsverbots bis in die letzten Winkel der Erde gedrungen. Keine Regierung, kein Marktplatz, keine Hütte, wo Scotts Vorschlag nicht Thema leidenschaftlicher Auseinandersetzungen war. In den meisten Ländern mußten nun in Windeseile Tausende von Frauen zu Hebammen ausgebildet werden, da ein atemberaubender Babyboom zu erwarten war. Aus Angst vor einem möglichen Zeugungsverbot schwängerten Scotts Gegner wie die Teufel ihre Ehefrauen und Freundinnen. Die Mehrheit der demokratisch regierten Länder konnte sich nicht so recht entschließen, das Verbot zu erlassen, da es ein unersetzliches Wahlkampfthema war. Fortpflanzungsfreundliche Politiker erschienen zu Wahlkampfveranstaltungen immer mit Frau und unzähligen Kindern, die persönlich gezeugt zu haben sie vorgaben, in Wirklichkeit aber größtenteils adoptiert oder in Jugoslawien gekauft worden waren. Nicht minder wirkungsvoll gestalteten die Befürworter Scotts und des Pinguins ihre Kampagnen, verteilten sie doch tonnenweise Präservative, auf denen ihr Name und ihre Parteizugehörigkeit aufgedruckt waren – und selbst amtierende Minister behaupteten, in früheren Jahren als Abtreibungsärzte tätig gewesen zu sein.

»Dieser Blick ist einmalig«, sagte Reverend Smith und trat an eines der Fenster in Stan Papacostros' neuem Büro.

»Das ganze Büro ist einmalig«, sagte Papacostros. »Es gilt als das schönste im ganzen Empire State Building.«

Die Einweihungsparty war in vollem Gange. Es gab französischen Champagner, russischen Kaviar, Filets von schwedischen Jungelchen, Pasteten, zubereitet aus den Zungen aussterbender Singvögel, um nur einige Köstlichkeiten zu erwähnen. Im Hintergrund plätscherte Klaviermusik – am Steinway saß kein Geringerer als der fast hundertjährige Vladimir Horowitz. Sabine Huber hatte wirklich alles aufs Beste vorbereitet, und Papacostros war nun besser auf sie zu sprechen, viel besser als nach dem qualvollen Einstellungsgespräch, das nur darum zu einem Arbeitsvertrag geführt hatte, weil Gott an der ehemaligen Inselschönheit einen Narren gefressen hatte.

»Ist es schwierig, in New York an solche Räumlichkeiten zu kommen?« fragte Reverend Smith.

Niemandem war es aufgefallen, daß Horowitz zu spielen aufgehört hatte. Er näherte sich den beiden Herren am Fenster und sagte: »Ich hab' keine Lust mehr.«

Sabine Huber, die zufällig in der Nähe stand, schnappte diese Bemerkung auf und zwang den Pianisten an sein Instrument zurück.

»Hunderttausend Dollar für Musik bis Mitternacht«, raunte sie Horowitz zu, »oder keinen Cent.«

Horowitz setzte sich wieder an den Flügel und spielte zwei Dutzend Mazurken von Chopin, die dieser nie komponiert hatte.

»Wird Ihnen Scott nicht böse sein, wenn er erfährt, daß Sie hier waren?« sagte Papacostros.

»Ich habe mit Scott gebrochen«, sagte Reverend Smith. »Ich bin gegen das Zeugungsverbot.«

»Großartig«, sagte Papacostros. »Wir können ins Geschäft kommen.«

»Aber ich habe nichts zu bieten, was einer Werbeagentur Ihres Formats nützlich sein könnte«, sagte Smith.

»Da irren Sie sich gewaltig«, sagte Papacostros. »Das hier ist keine gewöhnliche Agentur. Wir haben denselben Arbeitgeber.«

»Ich wußte nicht, daß Sie für die Kirche arbeiten«, sagte Smith.

»Mit der Kirche habe ich nichts am Hut«, sagte Papacostros.

»Dann verstehe ich Sie nicht«, sagte Smith.

»Noch ehe der Hahn zum dritten Mal kräht, werden Sie mich verstehen«, sagte Papacostros und schnalzte mit der Zunge.

Smith zuckte die Schultern.

»Welch eine Überraschung!« tönte es durch den Saal.

Die Journalistin eilte auf Reverend Smith zu und küßte ihn auf die Wange.

»So trifft man sich wieder«, sagte Smith. »Was macht Ihr Buch?«

»Ob Sie es glauben oder nicht«, sagte die Journalistin, »ich habe noch nicht einmal angefangen. Diese Cocktailparties – sie stehen mir bis hier.« Sie deutete eine entsprechende Geste an. »Vorgestern dieser Empfang im Buckingham Palace, heute hier, morgen Boston, nein, San Francisco ... übrigens, einen ganz herzlichen Gruß von der Queen.«

»Ich war selbst auf dem Empfang«, sagte Smith.

»Ich sterbe vor Hunger«, sagte die Journalistin.

»Da drüben ist ein kaltes Buffet«, sagte Smith. »Darf ich Ihnen etwas zusammenstellen?«

»Wen sehe ich denn da?« sagte die Journalistin. »Unseren deutschen Schriftsteller.«

Sie ging auf den Schriftsteller zu und küßte ihn auf die Wange. Reverend Smith, nun allein, denn auch Papacostros hatte sich fortbegeben, er redete auf einige Pressezaren ein, wobei er nicht versäumte, dem einen oder anderen gelegentlich lachend auf die Schulter zu klopfen, Mr. Smith ergötzte sich erneut an dem herrlichen Blick über New York und war ganz froh, einen Moment Ruhe zu haben. Wovon, um alles auf der Welt, hatte Papacostros nur gesprochen, als er andeutete, man könne ins Geschäft kommen? ›Bestimmt soll ich‹, dachte er, ›trockene Bohrlöcher in Texas segnen. Egal, was er vorschlägt, ich werde ablehnen. Alle Amerikaner sind geldgierige Schlitzohren. Ich habe meine Gemeinde und meine Kirche und mein Pfarrhaus in Bristol. Ich habe auf Regierungskosten eine schöne Reise zum Südpol gemacht, und jetzt bin ich auf Kosten dieser Agentur in New York. Mehr kann einer wie ich nicht erwarten vom Leben. Hier wollen sie mich reinlegen. Ich muß freundlich sein und darf auf nichts eingehen.‹ So spielte Reverend Smith noch eine Weile weiter mit seinen Gedanken. Er nahm sich fest vor, an einem der nächsten Sonntage über die Bescheidenheit zu predigen. ›Jesus war bescheiden.‹ So würde er anfangen. ›Er wurde bescheiden in einem Stall geboren.‹

Da ging das Licht aus.

Augenblicklich verstummten die Gäste. Man hörte nur noch die Stimme der Journalistin.

»... kein Problem, wenn Sie den Nobelpreis haben möchten, ich kenne seit Jahren den Chef der Jury.«

»Ich darf um Ruhe bitten«, dröhnte der angenehme Bariton Papacostros' durch die Finsternis des Büros. »Das Licht wurde auf meine Anweisung hin ausgeschaltet. Wir kommen zum Höhepunkt des Abends.«

Die Tür ging auf und herein trat, aufgetakelt wie ein Pfingstochse und gleichsam von innen leuchtend, so daß die zitronenfarbene Perücke, die Ohrgehänge aus falschem Perlmutt, das giftgrüne, enganliegende Kunststoffkleid mit seinen schrumpfkopfgroßen, funkelnden Knöpfen, die goldverbronzten Stöckelschuhe, der kiloschwere Schmuck, bestehend aus Halsbändern, Armreifen, Broschen, Spielzeugorden, zwei Dutzend Ringen und einem Diadem, ja, sogar die schwarzen Netzstrümpfe ein kaum zu beschreibendes, da überirdisches Licht verströmten –

herein trat Gott. Der Eindruck auf die Gäste war überwältigend. Nur Horowitz störte die erhabene Atmosphäre, da er von alledem nichts mitbekam und unbeirrt fortfuhr, Mazurken zu spielen. Außer Papacostros und dem deutschen Schriftsteller wußte niemand, wer der 2-Zentner-Transvestit war. Der selbst hatte vorgeschlagen, an diesem Abend durch keinerlei Wunder, sondern allein durch seine Anwesenheit zu überzeugen. Papacostros stand diesem Plan von Anfang an skeptisch gegenüber, aber er fügte sich Gottes Willen, und jetzt, obgleich die Anwesenden vor Bewunderung oder Überraschung verstummten, waren seine Nerven zum Zerreißen gespannt, denn Gott blieb eine volle Minute regungslos stehen, lächelte, ließ sich von einer offenmäuligen Gesellschaft anstarren, tat nichts.

›Aus und vorbei!‹ dachte Papacostros. ›Ich kann mein Büro gleich wieder am Eröffnungsabend schließen. Ich hätte nicht auf IHN, sondern auf die innere Stimme des Werbefachmanns hören sollen!‹

In die Stille solcher Gedanken rief plötzlich Reverend Smith mit einem Stimmvolumen, das ihm keiner zugetraut hätte: »Dieser Mensch ist Gott! Der leibhaftige Gott! Ich kann das beurteilen, ich bin vom Fach.«

Reverend Smith sank auf die Knie, die anderen taten es ihm gleich, teils aus Überzeugung, teils aus Höflichkeit. In diesem Moment ging das Licht wieder an, und Gott war verschwunden.

Die Journalistin kämpfte sich ihren Weg durch die Menge. Schweißperlen standen auf ihrer Stirn, als sie Papacostros gefunden hatte.

»Wo ist er?« sagte sie halb aggressiv, halb flehend. »Ein Interview mit ihm könnte ich an alle Zeitungen und Zeitschriften der Welt verkaufen.«

Reverend Smith war auf einmal der begehrteste Mann des Abends. Fast alle Gäste bestürmten ihn mit Fragen.

»Ich hatte zwar auch so ein merkwürdiges Gefühl, aber wie konnten Sie so sicher sein?«

»Wußten Sie es sofort, als Gott den Raum betrat?«

»Woran haben Sie es gemerkt?«

»Hatten Sie sich Gott so vorgestellt–«

»Halten Sie es für möglich, daß Sie sich täuschen?«

»Ich kann Ihre Fragen alle auf einmal beantworten«, sagte Reverend Smith, »wenn Sie mir gestatten, eine kleine Geschichte zu erzählen. Als ich zwölf Jahre alt war, spielte ich eines Nachmittags allein in unserem Garten, als mir, buchstäblich wie aus heiterem Himmel, ein ungeheuer dicker und bunter Transvestit erschien. Er schwebte direkt über den Rosenbeeten und flüsterte mir zu: ›Du bist auserwählt.‹ Ich war so erstaunt, daß ich vergaß niederzuknien und nur sagte: ›Heilige Jungfrau, ich schwöre dir ewige Treue‹ oder so was Ähnliches. Der Transvestit lachte und beugte sich ein wenig vor: ›Ich bin keine Marienerscheinung, ich bin Gott persönlich. Du bist der erste Mensch, der eine astreine Gotteserscheinung hat. Mach immer schön die Schulaufgaben, studiere Theologie und gehe nach Bristol, um mein Wort zu verkünden.‹ Darauf verblaßte und verschwand die Erscheinung. Ich war so verwirrt, daß ich mich nicht traute, meinen Eltern davon zu erzählen. Meine guten Eltern, Gott hab' sie selig ...»

Die Journalistin kauerte, ein halbvolles Whiskyglas in der Hand, neben Horowitz' Klavierschemel.

»Vladimir«, sagte sie, »ich wüßte mindestens hundert Zeitungen, die Ihre Memoiren in Fortsetzungen veröffentlichen würden.«

»Ich wüßte mindestens zweihundert Zeitungen«, sagte Horowitz.

Die Journalistin stand beleidigt auf. Sie wankte Papacostros entgegen.

»Rufen Sie mir ein Taxi«, sagte sie.

»Wollen Sie nicht noch ein wenig bleiben?«, sagte Papacostros.

»Ich muß morgen Mittag in Washington sein«, sagte die Journalistin, »bin aber abends wieder zurück. Bestellen Sie Gott schöne Grüße, er soll um acht zu mir ins Hotel kommen.«

»Wie bitte?!« rief Papacostros der Journalistin nach. Aber die stand schon an der Aufzugtür und hörte ihn nicht mehr.

Die Party neigte sich ihrem Ende zu. Sabine Huber und der deutsche Schriftsteller räumten die Gläser und Teller und Schüsseln ab und trugen sie in die Küche. Der Schriftsteller hatte sich ein ganz besonderes Geständnis vorgenommen, sein Herz klopfte bis zum Hals. Aber er sagte nur: »Sollen wir heute oder morgen abspülen?«

»Lieber morgen«, sagge Sabine Huber und gähnte.

Dann gab sich der Schriftsteller einen Ruck und sagte: »Sabine, ich liebe Sie. Ich möchte Sie heiraten.«

»Nett von Ihnen«, sagte Sabine Huber. »Wir haben kein Spülmittel mehr. Bringen Sie doch morgen bitte eine Familienflasche Palmolive-Superglänzer mit.«

Der Polarforscher Scott war ein kühler Mann. Er verbarg seine Emotionen, war sicher und beherrscht im Auftreten, zeichnete sich durch tadellose Umgangsformen und ein äußerst gepflegtes Englisch aus. Nur an diesem Montagmorgen, nachdem er in der Zeitung einen Bericht über die Eröffnung der Gottesagentur in New York gelesen hatte, schien er plötzlich selbst die geläufigsten Gebote des Anstands nicht mehr zu kennen. Mit blutunterlaufenen Augen tobte er durch seine Wohnung, fluchte was das Zeug hielt und konnte es sich nicht versagen, den ein oder anderen Aschenbecher und weiteres zerbrechliches Haushaltsgut an die Wände seiner Komfortwohnung zu werfen.

»Smith, dieser Verräter!« brüllte er. »Warum ist dieser dreckige Pfaffe überhaupt mitgefahren? Wer hat diesen Saukerl ausgewählt?«

»Na, na«, sagte der zufällig anwesende Dr. Woollcott.

»Ich werde dieses scheinheilige Schwein eigenhändig erwürgen«, schrie Scott, »ich werde ihn lebendig den Hyänen des Londoner Zoos vorwerfen.«

»Geht das nicht ein bißchen weit?« sagte Woollcott.

Scott schmiß eine gefälschte Jugendstilvase mit stilisierten Pinguinen zu Boden.

»Und dieser aufgeblasene Transvestit?!« schimpfte Scott weiter. »Er behauptet, Gott zu sein. In Wirklichkeit ist er nichts weiter als ein schwules Stinktier, das einen vertrottelten Griechen beauftragt hat ...«

»Robert«, sagte Woollcott, nun seinerseits ein wenig ungehalten, »wenn es die alten Griechen nicht gegeben hätte, wäre unser Land die Wiege der Demokratie, well, dazu hat es nicht gereicht, aber unbestreitbar ist, daß seit Jahrhunderten unsere Manieren weltweit Maßstäbe gesetzt haben. In anderen Worten, die Wahl Ihrer Worte scheint mir eines Briten unwürdig zu sein, Sie sollten ...«

»Hören Sie auf!« brüllte Scott. »Ihr britischer Schwulst interessiert mich einen Dreck.«

Er schlug seine Stirn gegen die Wohnzimmertür und

hämmerte mit beiden Fäusten auf den Türrahmen ein. Blitzschnell öffnete Woollcott sein Äskulapsköfferchen und bereitete eine dringend notwendige Spritze vor. Dann näherte er sich Scott auf leisen Sohlen und rammte ihm eine Doppelportion eines hochwirksamen Beruhigungsmittels durch die Hose. Scott jaulte auf vor Schmerz, bedachte Gott und Smith noch mit ein paar unflätigen Ausdrücken und ließ sich bald von Woollcott widerstandslos ins Schlafzimmer geleiten. Er schlief sofort ein. Wir wissen nicht, wie der treue Woollcott diesen Nachmittag und die folgende Nacht verbracht hat. Als Scott aufwachte, saß er jedenfalls am Bettrand. Scott war sofort wieder der untadelige Brite.

»Ich glaube«, sagte er, »ich habe mich gestern ein wenig danebenbenommen.«

»Keineswegs«, sagte Woollcott. »Sie waren nur ein wenig nervös. Folge eines lächerlichen Zeitungsartikels.«

»Smith dieses Dreckschwein!« rief Scott.

Woollcott hatte eine Spritze vorbereitet, die er ohne zu zögern Scott ins Gesäß jagte. Scott gab einen gurgelnden Laut von sich und sank in die Kissen zurück.

Allmählich hatte Woollcott Hunger. Er ging in die Küche und sah im Kühlschrank nach. Er fand ein paar vorgebratene Hähnchenschenkel, mehrere Konserven mit Grönlandkrabben, einen Karton Vanilleeis, einen halben Liter Milch und erschreckend viele Flaschen stark alkoholischer Getränke. Woollcott griff sich zwei Hähnchenschenkel und nagte sie bis auf die Knochen kahl. Dann kippte er den halben Liter Milch hinterher und ging wieder ins Schlafzimmer. Er legte sich neben Scott aufs Bett und fiel in einen langen, traumlosen Schlaf.

Das angenehm gedämpfte Licht der südenglischen Morgensonne warf leuchtende Muster auf die Bettdecke des Polarforschers, als Scott und Woollcott gleichzeitig aufwachten.

»Das nenne ich einen frühen Gast«, sagte Scott lachend.

»Verzeihung«, sagte Woollcott, »gewisse Umstände zwangen mich, hier zu nächtigen. Ich werde Ihnen nach dem Frühstück davon erzählen.«

»Apropos Frühstück«, sagte Scott.

»Grönlandkrabben sind noch da«, sagte Woollcott. »Ich gehe schnell runter und kauf' ein paar Eier, dann mache ich ein Omlett, das sich gewaschen hat.«

»Ausgezeichnet«, rief Scott. »Teebeutel sind in der Schublade neben dem Herd.«

»Ich möchte keinen Streit vom Zaun brechen«, sagte Scott, »aber vielleicht könnten Sie auch etwas tun.«

»Natürlich«, sagte Scott. »Das war nur ein Selbstgespräch.«

Für einen so ausgiebigen und wohltuenden Schlaf wie Robert Scott ihn gerade hinter sich hatte, hätte der deutsche Schriftsteller in New York ein Vermögen gegeben. Seit Wochen hatte er kein Auge mehr zugetan, Folge seines anhaltenden Liebeskummers. Sabine Huber, zwar erfahren im Umgang mit verliebten Männern, konnte ihm auch nicht helfen, da sie sich außerstande sah, die heftige Zuneigung des Autors zu erwidern. Dieser bediente sich zunächst aller gängigen Mittel, Sabine Huber zu erobern. Er überhäufte ihren Schreibtisch mit Blumen, schickte ihr obendrein eine wahre Flut exotischer, kunstvoll arrangierter Sträuße in die Wohnung, und als das nichts fruchtete, besuchte er Auktionshäuser, um Autogramme von Albert Schweitzer zu ersteigern, die erstaunlich preiswert zu haben waren und die er Sabine regelmäßig schenkte, bis sie ihm versicherte, zwei Überseekoffer, vollgestopft mit Briefen und Manuskripten Albert Schweitzers zu besitzen. Dann versuchte er es mit Gedichten, obgleich er sich eher in der erzählenden Prosa zu Hause fühlte. Fast jeden Morgen fand sie auf ihrem Schreibtisch ein Sonett vor.

San Lorenzo war dein Heimatort,
Zu Füßen lagen dir die Männerscharen,
Die deiner niemals würdig waren,
Dann zogst du einfach fort.

Ins dunkle Afrika bist du gefahren,
Hast von morgens früh bis Mitternacht
Die Neger schön gesund gemacht,
Die dir dann ewig dankbar waren.

Bei Papacostros bist du nun gestrandet,
Wo auch ich vor Tag und Jahr
So jung und hoffnungsvoll gelandet.

Ich wußte nie, was echte Liebe war.
Der Tag wird kommen, wo du weiß gewandet
Kniest neben mir am Traualtar.

»Das ist ja fürchterlich«, sagte Sabine Huber und ging sich bei Papacostros beschweren.

»Was will man machen?« sagte der Grieche. »Ich kann

ihm nicht verbieten, in seiner Freizeit Gedichte zu schreiben.«

»Diese Gedichte beeinträchtigen das Betriebsklima«, sagte Sabine Huber. »Wenn ich so ein Gedicht gelesen habe, bin ich mindestens zwei Stunden arbeitsunfähig.«

»So eindrucksvoll sind die Gedichte nun auch wieder nicht«, sagte Papacostros.

»Aber die Stimmung ist versaut«, sagte Sabine Huber. »Ich kann keinen klaren Gedanken mehr fassen, wenn ich diesen Schwachsinn gelesen habe.«

»Dann werfen Sie die Gedichte doch einfach ungelesen in den Papierkorb«, sagte Papacostros.

»Das ist eine großartige Idee«, sagte Sabine Huber. »Eine noch bessere Idee wäre allerdings, diesen deutschen Schriftsteller an die Luft zu setzen.«

»Was meinen Sie« sagte Papacostros, »wie oft ich mir das schon überlegt habe? Aber wir werden ihn noch gut gebrauchen können. Er verkörpert in seiner himmelschreienden Einfalt genau den Typus, den wir ansprechen, den wir gewinnen müssen – gläubig und beschränkt und auf der Suche nach dem Sinn des Lebens, das potentielle Mitglied einer x-beliebigen Sekte. Seine Dummheit wird zunächst kaum auffallen, da er als Deutscher und Romancier hier für einen Intellektuellen gehalten wird. Wenn wir ihm noch ein paar jüdische Vorfahren andichten, kann eigentlich nichts mehr schiefgehen.«

»So gesehen«, sagte Sabine Huber, »haben Sie durch diesen Mitarbeiter aber erst einen winzigen Teil des weltweit zu erobernden Klientels abgedeckt.«

»Das hat mir Gott auch schon oft vorgeworfen«, sagte Papacostros nachdenklich.

Sabine Huber, nach wie vor eine Frau der Tat, kehrte

an ihren Schreibtisch zurück und ergriff einen Kugelschreiber. Am nächsten Sonntag erschien in der New York Times folgende Annonce:

AGENTUR MIT WELTNIVEAU
sucht zum baldmöglichsten Termin

3 TIEFRELIGIÖSE ZWEIGSTELLENLEITER

für die Bereiche Asien, Afrika, Australien/Neuseeland
Überdurchschnittliche Sprachkenntnisse
sind Voraussetzung
Bewerbungen an die Expedition

Auch diese Annonce stieß auf lebhaftes Interesse. Es bewarben sich 1014 Asiaten, 625 Afrikaner und 17 Australier. Nach endlosen Korrespondenzen, nach qualvollen Einstellungsgesprächen, die für Gott heimlich auf Tonband festgehalten wurden, fiel die Wahl schließlich auf die Herren Wun, Nationalchina, Kumu, Uganda, und Roosevelt, Australien.

Mr. Wun, ein feister, untersetzter Chinese, wurde als drittes von fünfzehn Kindern eines fleißigen Reisbauern und seiner bettlägerigen Frau geboren. Schon bald erkannte der aufgeweckte Junge, daß der Lohn des Vaters viel zu gering war, eine so große Familie zu ernähren, weswegen er einige seiner Geschwister, kaum waren sie zur Welt gekommen, mit bemerkenswertem Geschick und ohne die geringste Spur zu hinterlassen, kurzerhand aus dem Weg räumte. Als Wun moralisch herangereift war, bereute er seine Untaten bitterlich und brachte zwei geschlagene Jahrzehnte in asiatischen Klöstern zu, wo er Buße tat. Zuerst in Nordchina, dann in Nepal, dann in Burma, in Thailand, Vietnam, Laos, Kambodscha und schließlich in Tibet. Wenn er nicht betete oder sich irgendwelchen mörderischen Selbstkasteiungen unterwarf, studierte er, angeleitet von den Klostervorstehern, die jeweilige Landessprache. Von Schuld endlich reingewaschen und ohne einen roten Sous für seinen Unterhalt und seine Sprachenstudien bezahlt zu haben, begab er sich, kurz nachdem in Hongkonger Antiquitätenhandlungen mehrere Heiligtümer aus erstklassigen, asiatischen Klöstern aufgetaucht waren, nach New York, um ein All-Asia-Übersetzungsbüro zu eröffnen. Da in der Neuen Welt für Herrn Wuns ausgefallene Sprachkenntnisse kein Bedarf war, ging sein Unternehmen schneller pleite als er befürchtet hatte. In dieser Situation war die Anzeige in der New York Times wie ein Fingerzeig Gottes.

»Ihr Weg nach New York«, sagte Papacostros, »war Ihr Schicksalsweg.«

»Ganz meinerseits«, sagte der höfliche Asiate.

Als Mr. Kumu zum erstenmal die Agentur betrat, dachte Papacostros: ›Um Gottes Willen, der ist ja schon fast siebzig. Rüstig zwar, aber für diesen anstrengenden Job wohl doch ein wenig zu alt.‹ Er ahnte nicht, daß Kumu bereits 94 war und noch mitten im Berufsleben stand. Kumu war der älteste Sohn eines Stammeshäuptlings in Uganda und designierter Nachfolger seines Vaters. Dieser bereitete, als Kumu zwölf Jahre alt war, einen Krieg gegen einen Nachbarstamm vor, mit dem er in traditionsreicher Fehde lag. Der Konflikt war Jahrhunderte alt, die Ursache allgemein in Vergessenheit geraten. Die Bürger besagten Nachbarstamms erfuhren von den Machenschaften des kriegslüsternen Häuptlings und da sie im Fall einer bewaffneten Auseinandersetzung hoffnungslos unterlegen gewesen wären, entführten sie Kumu und ließen den verzweifelten Vater wissen, der Sohn komme erst wieder frei, sobald dieser zum Zeichen friedlicher Koexistenz, die Tochter ihres Häuptlings geheiratet habe. Sollte Kumus blutrünstiger Vater sich weigern, werde man seinen Sohn den Geistern der Vorfahren opfern. Weniger der Gedanke an sein möglicherweise kurz bevorstehenden Ableben, als der Gedanke, mit der unendlich dürren Häuptlingstochter den Bund fürs Leben eingehen zu müssen, veranlaßte Kumu, der nur dikken Frauen zugetan war, einen Fluchtplan auszuhecken, der die Intelligenz seiner Leibwächter weit überforderte und daher zum Gelingen verurteilt war. Ja, man muß ›zum Gelingen verurteilt‹ sagen, denn Kumu konnte zwar fliehen, aber er wußte nicht, wohin. Gen Westen, zurück in sein Heimatdorf wollte er nicht, da seine Ankunft unverzüglich den geplanten Stammeskrieg ausgelöst hätte. Also ging er erstmal nach Süden, was er bald bereute, denn schon nach zwanzig Minuten hatte er die Orientierung verloren. Er kämpfte sich unerschrocken weiter, einem unbekannten Ziel entgegen, nahm die unbeschreiblichsten Entbehrungen auf sich, ernährte sich von den Früchten des Urwalds, durchquerte mehrere Wüsten, wäre ein paar Mal um ein Haar verdurstet, wurde aber, kam er in bewohnte Gegenden und gab er seine edle Herkunft preis, aufs Herzlichste empfangen und bewirtet, auch heiratete er, wenn er keinen anderen Ausweg sah, immer wieder eine fette Häuptlingstochter, deren eine oder andere er schwängerte, ehe er seine verwegene Flucht fortsetzte. Eine Flucht, die fast ein halbes Jahrhundert währen sollte, allmählich hatte sich Kumu an seine Rolle gewöhnt und den Anlaß seines ruhelosen Daseins vergessen. Kein bequemes Leben, das sich Kumu auferlegt hatte, aber voller Abenteuer, frei von Eintönigkeit und ungemein bildend, da er nie versäumte, wo immer er auch war, die Landessprache und ein paar gängige Dialekte zu erlernen. Eines Tages stand er am Ufer eines ungewöhnlich breiten Flusses und er überredete einen Kapitän, ihn überzusetzen. Unterwegs erfuhr er, daß das Ufer eine Küste und der Fluß der Atlantik war, und daß man Kurs auf New York nehme. Zu spät zu einer Umkehr. Der Kapitän, gutmütig wie er nun einmal war, brachte dem Häuptlingssohn während der Überfahrt die Grundzüge der englischen Sprache bei. Kumu tat sich furchtbar schwer, aber einmal in New York, flog ihm das ungewohnte Idiom nur so zu. Seinen Lebensunterhalt verdiente er sich alsbald mit Vorträgen über Afrika und sein bizarres Leben. Nachdem er wiederholt darauf aufmerksam gemacht worden war, daß er einen dreifachen Eintrittspreis und zudem mit weit erfreulicherem Publikumsandrang rechnen könne, wäre er nur in der Lage, seine Ausführungen mit Farbdias zu begleiten, kaufte er sich eine japanische Amateurkamera und erstellte im Central Park, im Zoo und im Botanischen Garten eine überzeugende Afrikaserie. Als Statisten dienten ihm ein paar arbeitslose Schwarze, die mit drei Dollar Tagesgage zufrieden waren. Kumu war gerade von einer sensationellen Vortragsreise aus New Jersey zurückgekehrt, als er in der New York Times die Annonce las, die sein Leben verändern sollte.

Papacostros füllte zwei Gläser mit feinstem Agavenschnaps.

»Auf gute Zusammenarbeit!« prostete er dem Afrikaner zu, dessen Lebensgeschichte er soeben vernommen hatte.

»Ich trinke niemals Alkohol«, sagte Kumu.

»Um so besser«, sagte Papacostros und stellte Kumus Glas in den firmeneigenen Kühlschrank. »Dieses Zeug ist ohnehin des Teufels, besser, wenn die Afrikaner damit gar nicht erst in Berührung kommen!«

Stanley Roosevelt war ein dynamischer Australier. Kurz nach der Geburt war er möglicherweise wegen seines unvorteilhaften Äußeren von seinen Eltern vor dem Portal einer Kirche ausgesetzt worden. Er wuchs in der Obhut der ›Schwestern der Barmherzigen Jungfrau‹ auf, die ihm ein profunde, wenn auch einseitig orientierte Bildung zuteil werden ließen. Jedenfalls versicherten die Schwestern Stanley pausenlos, daß es im Leben auf die inneren Werte ankomme. Zwar sei er, wie man leider zuzugeben nicht umhin könne, weniger schön geraten als die Mehrzahl seiner Zeitgenossen, kein Grund zur Resignation allerdings, im Gegenteil, eine göttliche Herausforderung, eine Prüfung, die durch ein tugendhaftes und ganz der Nächstenliebe geweihtes Leben bestanden sein will. Während des Zweiten Weltkriegs meldete sich Stanley Roosevelt freiwillig zu den Sanitätern, wurde aber wegen seiner gebrechlichen Konstitution, seiner extremen Kurzsichtigkeit und seiner Körpergröße von nur 1 Meter 50 abgelehnt. In dem offiziellen Schreiben hieß es u. a.: ›Gemäß international verankertem Kriegsrechts sowie einer in einem Schweizer Banksafe hinterlegten Konvention des Völkerbundes ist es traditionsgebundene Aufgabe des Sanitäters, verwundete, das heißt lebende oder gerade noch lebende Soldaten vom Gelände kriegerischer Konflikte zwecks Einweisung in ein Lazarett zur baldmöglichsten Wiederverwendung abzutransportieren. Dies geschieht mittels einer von zwei Männern getragenen Bahre. Da die Durchschnittsgröße unserer Sanitäter 1 Meter 77 beträgt, würde jeder Soldat, den Sie mit Hilfe eines Kameraden abtransportieren, durch den sachundienlich steilen Neigungswinkel der Bahre von selbiger rutschen. Wir sind sicher, daß Sie einen Weg finden werden, Ihrer patriotischen Pflicht zu genügen.‹ Stanley Roosevelt hat nie herausgefunden, ob er damals mehr enttäuscht als wütend oder mehr wütend als enttäuscht war. Er suchte und fand Männer, denen es ähnlich wie ihm ergangen und gründete die ›Leidensgemeinschaft abgewiesener Patrioten‹, eine Vereinigung, die sich bald der Sympathie des gesamten Empires erfreute und nach dem Krieg in ein Kloster umgewandelt wurde. Da in den Orden nur Männer aufgenommen wurden, die nicht am Zweiten Weltkrieg teilnehmen durften, sei es, daß sie bucklig oder taub waren oder einen Klumpfuß oder ansteckende Krankheiten hatten oder ganz einfach von Geburt an schwachsinnig waren, zudem alle dazu neigten, die Statistik der durchschnittlichen Lebenserwartung empfindlich zu senken, darf es nicht überraschen, daß das Kloster bereits Anfang der 50er Jahre zu veröden begann. Stanley Roosevelt, Universalerbe all seiner Schützlinge, eröffnete ein Schweizer Nummernkonto, verkaufte das Kloster an einen vertrottelten Japaner und machte eine Weltreise. Irgendwo nahe der Azoren wurde Roosevelt von dem Wunsch beseelt, karitativ oder sonstwie nützlich zu werden. Wir nennen es Zufall, doch für Roosevelt war es Schicksal, als ein Bordstewart ihm eine veraltete Ausgabe der New York Times zuwarf und diese launische, ungehörige Geste mit den Worten ›Nimm und lies!‹ begleitete. Er schlug die Zeitung auf und ward von Papacostros' Annonce gefesselt.

»Der Toaster ist mal wieder kaputt«, sagte die Queen.

»Das ist schon der vierte dieses Jahr«, sagte Philip. »Und nur weil du darauf bestehst, ausschließlich britische Produkte zu kaufen.«

»Das bin ich meinem Land schuldig, deren erste Dienerin ich bin«, sagte die Queen.

»Schon recht«, sagte Philip. »Aber laß dir halt vom nächsten Staatsbesuch aus Japan oder der Bundesrepublik Deutschland einen Toaster mitbringen.«

»Blödsinn«, sagte die Queen. »Es ist 8 Uhr. Wir haben Scott für Viertel nach 9 zum Frühstück eingeladen. Zeit genug, noch einen englischen Toaströster zu kaufen.«

Genau fünf Minuten zu spät, wie es die Etikette vorschreibt, traf Kapitän Scott im Buckingham Palast ein. Der Prinz kam persönlich zum Portal, um den hohen Gast zu begrüßen. Der Frühstückstisch bot eine erschreckend karge Mahlzeit, worüber auch das köngliche Porzellan nicht hinwegtäuschen konnte. Es gab Toast, Margarine, künstliche Orangenmarmelade und Beuteltee. Scott verstand sofort – ein typisch britischer Hinweis auf die leere Staatskasse; kein Geld mehr für die Förderung seines Projekts.

»Ich habe ganz vergessen«, sagte Scott, das Gespräch geschickt auf die Finanzen lenkend, »mich für die Gewährung meiner Pension zu bedanken, die mir, nach dem Buchstaben des Gesetzes, so viele Dezennien nach meinem tödlichen Versagen auf der Antarktis kaum noch zustehen dürfte.«

»Ich bitte Sie!« winkte der Prinz ab. »Sie haben so viel für dieses Land getan, daß auch die großzügigste Pension Sie nicht zu entschädigen vermag. Um so bedauerlicher ...«

Es sei seltsam, unterbrach Scott, wohl wissend, was der Prinz zu erläutern im Begriff war, es sei seltsam, daß die Popularität des Zeugungsverbots nicht dazu führe, den traurigen Zustand der Staatsfinanzen zu beheben, wo doch immer weniger Kosten zur Unterstützung mittelloser Mütter, für Kindergeld, Kindergärten, Schulen und bald auch Studienplätze aufzuwenden seien. So könne nur, erwiderte der Prinz lächelnd, ein wirtschaftlicher Laie denken; das Zeugungsverbot schaffe nicht nur eine Menge Arbeitsloser wie Geburtshelfer, Hebammen, Kinderärzte, Kindergärtnerinnen, Lehrer, Schulbuchautoren, Schulbuchverleger, Theoretiker der Säuglingspflege und Kindererziehung, nicht zu vergessen die Spielwarenfabrikanten und -verkäufer und deren Mitarbeiter, die Babysitter, die Windel- und Kinderfutterproduzenten, sondern richte volkswirtschaftlichen Schaden in viel größerem Umfange durch die Tatsache an, daß die mittlere, die arbeitende Generation über kurz oder lang nicht mehr existieren und man bald nur noch, zwar dünn besiedelte, aber total vergreiste Nationen vorfinden werde.

»Wer soll Ihre Pension bezahlen«, schloß der Prinz, »wenn niemand mehr ... Sie verstehen.«

»Das war um die Jahrhundertwende noch alles anders«, seufzte Kapitän Scott.

»Das war um die Jahrhundertwende keineswegs anders«, sagte der Prinz. »Ihre Expeditionen mit allem Zubehör wie Ponys, Schlitten, Eisbrechern und Zwieback hat letztlich die steuerzahlende mittlere Generation finanziert.«

»Sie meinen, wenn sich mein Plan durchsetzt«, sagte Scott, »wird bald niemand mehr da sein, der für meine Pension aufkommt?«

Der Prinz schwieg zum Zeichen des Einverständnisses.

»Soll ich meinen Plan aufgeben?« fragte Scott, der kaum noch wagte, eine zweite Scheibe Toast zu nehmen.

»Ich weiß auch nicht«, sagte der Prinz. »Einerseits bin ich, wie Sie wissen, ein überzeugter Anhänger Ihrer Idee, andererseits verlangt die öffentliche Meinung, daß ich zu meiner Familie stehe. Lady Diana ist zum zwölften Mal schwanger.«

»Teufel auch«, sagte Scott, »das soll einer unter einen Hut bringen!«

»Ich bin verzweifelt«, sagte der Prinz. »Dabei wäre ich schon glücklich, wenn dies die einzige schlechte Nachricht wäre.«

Scott, der eben im Begriff war, einen Schluck Tee zu trinken, stellte die Tasse wieder hin.

»Noch mehr Hiobsbotschaften?« hauchte er.

»Ich habe gestern«, sagte der Prinz, »einen ausführlichen Bericht von unserem, wie soll ich sagen?, von unserem – Spion ist ein hartes Wort – von unserem Mittelsmann aus New York erhalten.«

»Mittelsmann in New York?« sagte Scott. »Wer ist das, wenn man fragen darf?«

»Ein alter Bekannter von Ihnen«, sagte der Prinz. »Wir haben ihn mit Sorgfalt ausgewählt. Er spielt seine Rolle so gut, daß selbst Sie darauf hereingefallen sind, wie mir längst hinterbracht worden ist.«

»Ist das die Möglichkeit?!« rief Scott.

»Ja«, sagte der Prinz, »Sie müssen Reverend Smith Abbitte leisten. Aber darum geht es jetzt nicht. Der Bericht ist alarmierend. Die New Yorker Agentur des Griechen Papacostros behauptet doch, wie uns hinlänglich bekannt ist, den leibhaftigen Gott zu vertreten, bekämpft das Zeugungsverbot und verfügt offenbar über unbegrenzte finanzielle Mittel. Zu allem Übel hat sie nun noch nach Asien, Afrika und Australien je einen hochbezahlten Spezialisten entsandt, der die Massen für Gott und Kindersegen gewinnen soll. Reverend Smith schildert diese drei Vertreter zwar als wenig einnehmend, doch handele es sich um durchtriebene und abgefeimte Subjekte, denen einiges zuzutrauen sei. Man möge zu wirkungsvollen Gegenmaßnahmen schreiten.«

»Aber wie?« jammerte Scott.

»Das frage ich mich auch«, sagte der Prinz.

»Das ist ganz schön deprimierend, ist es nicht?« sagte Scott.

»Es ist«, sagte der Prinz.

Gott saß am Schminktisch seines New Yorker Hotelzimmers, als es klopfte. In der Annahme, das Stubenmädchen wolle eine Depesche von Papacostros überbringen, sagte er: »Herein.«

Er war nicht wenig erstaunt, als der deutsche Schriftsteller das Zimmer betrat. Der Autor war in einem derart erbärmlichen Zustand, daß Gott, in seiner Güte, sich den Hinweis verkniff, er empfange prinzipiell nur angemeldeten Besuch.

»Nehmen Sie Platz, junger Freund«, sagte Gott. »Womit kann ich dienen?«

Der Autor setzte sich in einen Sessel neben den Schminktisch.

»Sie können mir das Leben retten«, sagte er. »Sie sind die Liebe und Sie senken die Liebe in die Herzen der Menschen.«

»Das kann ja heiter werden«, sagte Gott. »Haben Sie eine Zigarette für mich?«

»Hier, bitte«, sagte der Autor. »Leider nur Menthol.«

»Das macht nichts«, sagte Gott, »geben Sie her. Sie sind also in Gefahr, werden von Scotts Anhängern verfolgt, und ich soll Ihnen das Leben retten.«

»Nein«, sagte der Autor, »ich werde von niemanden verfolgt. Im Gegenteil, ich verfolge Sabine Huber mit meiner Liebe, aber sie erwidert meine Gefühle nicht. Das bringt mich um, verstehen Sie, das bringt mich um.«

»Ist Sabine Huber nicht ein wenig zu alt für Sie?«, fragte Gott.

»Mag sein, daß sie früher noch schöner war«, sagte der Autor, »aber das ist mir egal. Ich bin ein entschiedener Gegner jener antiquierten Vorstellungen, wonach der Mann älter oder zumindeste kaum jünger als die Ehepartnerin zu sein habe.«

Gott spitzte die Lippen und stieß einen Pfiff aus.

»Ich verstehe«, sagte er, »Sie wollen Sabine Huber heiraten. Haben Sie ihr schon einen Antrag gemacht?«

»Jeden Tag während der Frühstückspause«, sagte der verzweifelte Autor.

»Eine verdammt harte Nuß, diese Sabine Huber«, sagte Gott.

»Sie sind die Liebe«, sagte der Autor, »entflammen Sie Sabine Hubers Herz mit der Fackel der ...«

»Hören Sie auf«, sagte Gott, allmählich seine sprichwörtliche Geduld verlierend. »Sie werden übrigens dafür bezahlt, daß Sie Gott lieben und einer gerechten Sache dienen.«

»Natürlich liebe ich Sie«, sagte der Autor. »Die Liebe zu Gott ist heilig, aber ebenso heilig ist der Bund der Ehe.«

»Ganz klar«, sagte Gott. »Hören Sie, ich denke mir da was aus. Sie werden Ihre Sabine Huber kriegen. Aber das dauert noch ein paar Jahre. Bis dahin arbeiten Sie schön weiter in der Agentur.«

»Das überlebe ich nicht«, sagte der Autor.

»Ohne Fleiß, kein Preis«, sagte Gott.

Scotts größte Sorge war das Geld. Ohne ein gewaltiges Budget war es nicht möglich, weltweit für die Idee des Zeugungsverbots zu werben und wirksame Maßnahmen zur Verwirklichung dieser Idee in die Wege zu leiten. Auf die Vernunft der Regierungen war kein Verlaß. Außerdem befürwortete Scott als Anhänger der freien Marktwirtschaft die Privatinitiative. Der britische Finanzminister sah sich außerstande, Scotts Kampagne noch länger zu unterstützen, und aus eigener Tasche konnte der Polarforscher, ein Blick auf seine Kontoauszüge genügte, unmöglich die notwendigen Beiträge aufbringen. Aber Scott war ein Mann, der Resignation nicht kannte. Er war sich nicht zu schade, gegen ansehnliche Honorare, im Fernsehen und in Illustrierten, auf Litfaßsäulen und im Radio für Speiseeis, Tiefkühlkost, Frostbeulensalbe, Charterreisen zum Südpol, Angoraunterwäsche und Schlittschuhe zu werben. Und selbstverständlich auch für das Brettspiel ›Jagd im ewigen Eis‹, ein Konkurrenzprodukt des Spiels ›Wer zeugt am schnellsten?‹, beides geistlose Kopien des bewährten ›Monopoly‹, mit Pappkärtchen, die den Spielern Erfreuliches oder Unerfreuliches auferlegen. Bei ›Jagd im ewigen Eis‹ etwa: ›Du hast dein letztes Polarpony geschlachtet, gehe zurück nach London‹ oder ›Amundsen hat sich eine Erkältung zugezogen – rücke 2 Felder vor‹. Nicht minder geschmacklos waren die Anweisungen auf den Kärtchen beim Zeugungsspiel: ›Du hast wieder vergessen, die Antibabypillen deiner Frau in den Müllschlucker zu werfen – setze eine Runde aus.‹ Oder: ›Du hast Scott überredet, mit einem Eiszapfen Harakiri zu begehen – kassiere 200 Dollar Prämie.‹

Seine Tätigkeit in der Werbebranche erlaubte es Scott, eine Reihe ganzseitiger Anzeigen in den führenden Tageszeitungen der Welt aufzugeben und zu bezahlen, Anzeigen, die die Stimmen unsterblicher, wenn auch ergrauter Dauerprominenz zierten. Politiker, Schriftsteller, Schauspieler, Fußballer, Showmaster, die keine Gelegenheit ausließen, dem Zeugungsverbot ihre begeisterte Zustimmung auszusprechen.

Ich fahre lieber jedes Jahr 6 Wochen nach Mallorca,
anstatt jeden Monat Alimente zu zahlen.
Franz Beckenbauer

Alle Produktionskraft in die Fabriken!
Jurij Andropow

Für die Kosten, die ein einziges Baby verursacht,
können Sie sich fünf Hunde halten.
Bernhard Grizmek

Freeze!

Edward Kennedy

Mit dieser Werbekampagne waren Scotts Mittel aber auch schon wieder so gut wie erschöpft, schlimmer noch, der gnadenlose Papacostros konterte mit 16seitigen Farbbeilagen in jenen Zeitungen, die gerade Scotts Anzeigen veröffentlicht hatten; bombastisch aufgemachte Hefte, zahlreiche Hochglanzfotos von Gott, Sabine Huber und pausbäckigen Kindern enthaltend, insgesamt eine Augenweide, die kein Fühlender unbewegt zur Seite legen konnte. Scotts größter Schrecken jedoch war die Ankündigung einer Reise, die Gott bald, allzubald antreten sollte.

Glockenschall, Glockenschwall supra urbem, über der ganzen Stadt. Wer läutet? Der Küster vom St. Peters Dom ist's. Die ersten Anzeichen von Muskelkater machten sich bemerkbar, denn seit zwei Stunden schon zog der Küster die rauhen Hanfseile. Keiner der Anwohner beschwerte sich über die ungewöhnlich lang anhaltende Ruhestörung, denn jeder in Rom wußte, wen zu Ehren mit Glockenschall und -schwall die Ewige Stadt überzogen wurde. Tausende hatten sich auf dem Platz vor dem Petersdom versammelt, um Zeugen eines Ereignisses zu werden, das die Zeitungen bereits in phosphorfarbenen Schlagzeilen angekündigt hatten: GOTT BESUCHT DEN PAPST. Gott kam am späten Vormittag in Rom an, nahm ein Taxi zum Vatikan und gelangte unerkannt durch einen Hintereingang in den Dom, wo der Papst ihn bereits zitternd vor Aufregung erwartete. Als Gott Johannes Paul III., eines 84jährigen Chilenen, ansichtig wurde, dachte er: ›Allmächtiger, dieser Stellvertreter ist wohl ein wenig mickrig ausgefallen!‹ Aber Gott ließ sich nichts anmerken und umarmte den Heiligen Vater so ausgiebig und herzlich, daß dieser zu ersticken drohte. Angelangt in den päpstlichen Privatgemächern, wußten die beiden hohen Vertreter alles Heiligen, der historischen Bedeutung ihres Treffens bewußt, zunächst nicht, worüber sie sich unterhalten sollten.

»Stimmt es übrigens«, eröffnete Gott schließlich das Gespräch, »daß der Weinkeller des Vatikans hinieden seinesgleichen sucht?«

Der Papst verstand diesen Hinweis und ließ eine Flasche des legendären Jahrgangs 1911 kommen.

»Das wird kaum reichen«, sagte Gott.

»Auf keinen Fall«, sagte der Papst, »aber mein Keller hält die Weine angenehm kühl, während hier oben ...«

»Schon verstanden«, sagte Gott.

Ein Kardinal entkorkte die Flasche, füllte zwei Gläser und zog sich zurück.

»A votre santé«, sagte Gott.

»Wohl bekomm's«, sagte der Papst.

»Einen solchen Tropfen«, sagte Gott, nachdem er einen kräftigen Schluck genommen, »einen solchen Tropfen bekommt man in den USA nicht. Wenn Sie nichts dagegen haben, nehme ich mir ein paar Flaschen mit nach New York.«

»Nur zu«, sagte der Papst, dem der Wein augenblicklich zu Kopf gestiegen war.

Die Nachmittagssonne schien, da ihr nichts anderes übrig blieb, in das prunkvoll möblierte Wohnzimmer des Heiligen Vaters.

»Es ist ein Jammer, daß wir uns nicht früher begegnet

sind«, sagte der Papst, »vielleicht auch ein Glück, denn sonst wäre ich wohl nie ... sonst hätte ich nie dieses Amt errungen.«

»Wie meinen Sie das?« fragte Gott.

»Schweigen wir darüber«, sagte der Papst. »Ich wollt' nur andeuten, daß ich in meiner Jugend, der Zeit sündiger Tagträume, und noch ehe ich erleuchtet wurde, kaum hätte Ihrer irdischen Schönheit widerstehen können.«

Erschrocken über die Offenheit seiner Worte, täuschte der Papst einen Hustenanfall vor.

»Die meisten Päpste waren Schwuchteln«, sagte Gott gutmütig lachend und klopfte dem Papst auf die Schulter. »Haben Sie daran gedacht, mir ein Hotelzimmer zu bestellen?«

»Sie können hier schlafen«, sagte der Papst.

Der Kardinal brachte die zweite Flasche Wein und zog sich wieder stumm und schnell zurück. Im Flur standen die anderen Kardinäle, das Küchenpersonal und die Schweizer Garde.

»Nun lassen Sie uns schon durchs Schlüsselloch kukken«, sagte der Chefkoch.

»Kommt nicht in Frage«, sagte der Kardinal. »Wenn einer kuckt, wollen alle kucken. Macht zu viel Lärm.«

»Wie sieht Gott aus?« fragte ein Schweizer Gardist.

»Gleich«, sagte der Kardinal. »Kommt mit in die Küche, dort können wir ungestört plaudern.«

Aus dem Zimmer erscholl ungezügeltes Gelächter.

»Was ist das? Worüber wird da gelacht?« fragte ein Würdenträger aus Parma.

»Ruhe!« sagte der Kardinal. »Und ab in die Küche! Aber leise!«

Man hatte die Küche kaum erreicht, als der Kardinal

mit Fragen bestürmt wurde, ein Stimmgewirr sondergleichen brach über ihm nieder.

»Nichts erzähle ich«, rief der Kardinal, »bevor nicht Ruhe herrscht, jeder seinen Platz eingenommen und ein Glas Wein vor sich stehen hat.«

Allmählich beruhigte sich die Gesellschaft.

»Wie sieht Gott aus?«

»Ich erinnere mich«, sagte der Propst von Pisa, »daß ich mir in meiner Kindheit Gott immer als Sonnenblume vorgestellt habe. Warum ausgerechnet eine Sonnenblume, habe ich mich später oft gefragt und fand keine Antwort. Erst während meiner Psychoanalyse in Rom – der dottore hatte gerade herausgefunden, daß ich meine Mutter unbewußt ...«

»Sagen Sie schon«, drängte der Chefkoch den Kardinal, »wie sieht Gott aus?«

»Fürchterlich«, sagte der Kardinal. »Ein unästhetischer Zwei-Zentnerklumpen, geschminkt und gekleidet wie die Damen hier um die Ecke – Sie verstehen. Und er riecht ...«

»Ja, wie riecht er?« sagte der Erzbischof von Palermo.

»Nun sagte der Kardinal, »er riecht wie das Labor einer drittklassigen Parfumfabrik.«

»Unglaublich!« empörte sich der Nachlaßverwalter des Heiligen Franz von Assisi. »Vielleicht ist er gar nicht Gott?«

»Daran habe ich auch schon gedacht«, sagte der Kardinal. »Aber er strahlt ein solch konzentriertes Maß an Heiligkeit aus, an Nächstenliebe, Würde und überirdischer Abgeklärtheit, daß kein Zweifel möglich ist.«

Der Koch hatte sich davongemacht. Niemand in der Küche hatte das bemerkt und niemand hatte ihn auf seinem Weg von der Küche über die Marmortreppen und unendlich langen Gänge zur päpstlichen Privatwohnung gesehen. Der Koch blinzelte durchs Schlüsselloch, aber außer ein paar längst vertrauten Möbelstücken konnte er nichts sehen. Doch wurde er wenigstens Ohrenzeuge des folgenden Dialogs:

»So gelacht habe ich schon lange nicht mehr. Sie sind mir ein schöner Stellvertreter.«

»Habe ich Ihnen die Geschichte mit der Nonne aus Peru schon erzählt?«

»Jetzt reicht's, morgen ist auch noch ein Tag. Ich habe allmählich etwas Hunger.«

»Was darf's sein, gnädige Dreifaltigkeit?«

»Ein lebendiges Schwein. Ich schlachte und koche selbst. Wo ist die Küche?«

Wie von Furien gepeitscht raste der Koch zurück und riß die Küchentür auf.

»Sie kommen!« rief er.

»Wo waren Sie?« herrschte der Kardinal ihn an.

»Sie kommen!«, brüllte der Koch.

»Wer kommt?« sagte der Kardinal.

»Gott und der Chef«, sagte der Koch.

»Verdammt«, sagte der Kardinal. »Schnell jetzt. Schnell die Gläser in die Spülmaschine, den Wein in den Kühlschrank, die Aschenbecher ausgeleert und die Fenster geöffnet und dann nichts wie ab!«

Gott und der Papst trafen erst geraume Zeit später ein, da letzterer aufgrund seines hohen Alters und des überdurchschnittlich herzhaften Weinkonsums nicht mehr gut zu Fuß war. In der Zwischenzeit hatte der Koch mit dem übrigen Küchenpersonal eine theologische Diskussion über die Frage geführt, wie Gott anzureden sei. Man hatte sich gerade bei zwei Gegenstimmen und einer Enthaltung auf ›Herr der Herrlichkeit‹ geeinigt, als die beiden erlauchten Männer in der Küche anlangten.

»Treiben Sie ein lebendiges Schwein auf«, wandte sich der Papst an den Koch. »Der Schöpfer hat Hunger.«

»Genau«, flüsterten die Untertanen des Chefkochs, »darauf sind wir nicht gekommen. Er heißt nicht ›Herr der Herrlichkeit‹, sondern schlicht ›der Schöpfer‹.«

Der Chefkoch klatschte in die Hände.

»Los! Auf!« rief er. »Ein lebendiges Schwein! Lauft rüber zu Giovannis Bruder, der hat uns schon öfter aus der Patsche geholfen.«

»Wer ist Giovannis Bruder?« fragte Gott den Papst.

»Ich weiß nicht einmal, wer Giovanni ist«, antwortete der Heilige Vater.

Der Koch starrte Gott und Papst in hilfloser Ehrfurcht an.

»Da ist noch ...«, stammelte er, »darf ich Ihnen etwas italienischen Landwein anbieten?«

»Nicht schon wieder«, stöhnte der Papst.

»Warum nicht?« sagte Gott. »Auf ein Gläschen mehr oder weniger kommt es jetzt auch nicht mehr an.«

Sie setzten sich an den Küchentisch. Der Koch füllte zitternd zwei Gläser.

»Die Stühle hier sind nicht sehr bequem«, sagte er, »soll ich die beiden Sessel von nebenan holen?«

»Schon gut«, sagte der Papst.

»Jaja, schon gut«, sagte Gott.

Der Papst nahm einen Schluck.

»Ich glaube«, sagte er, »wir sollten lieber bei meiner 1911er Trockenbeerenauslese bleiben.«

»Warum denn?« sagte Gott. »Wer seine Schäflein verstehen will, muß auch deren Getränke kennen.«

»Welch großartiger Aphorismus!« sagte der Papst und leerte sein Glas.

Durch das geöffnete Fenster drang Lärm vom Petersplatz; die Tausendschaften wartender Katholiken verloren allmählich die Geduld und verliehen ihrem berechtigtem Unmut lautstark Ausdruck.

»Wir haben das Volk vergessen«, sagte der Papst.

»Stimmt«, sagte Gott.

»Gehen wir«, sagte der Papst.

Gott setzte sich in die Sänfte, die er fast vollständig ausfüllte, der Papst zwängte sich, so gut es ging, neben ihn. Die Sänftenträger traten aus dem Portal, und ein unbeschreiblicher Jubel brach aus. Das Volk war begeistert von Gott, der seinen riesigen Kopf durch das Fenster der Sänfte steckte, seinen Kopf, den er mit einem Heiligenschein umgeben hatte, nicht unähnlich der berühmten Lichtreklame am Times Square in New York, die in knalligen Farben und rascher Folge Werbeslogans, Bilder von Restaurants, Theatern und Hotels auf das computergesteuerte Rechteck zaubert, ganz ähnlich, nur rund, der Heiligenschein Gottes, über dessen goldenen Hintergrund Bibel- und Koranzitate und allgemeingültige Moralgesetze rotierten. Da blinkerten und blitzten rote, violette und orange Schriftzüge um die platinblonde Perücke, Botschaften, die von der Menge enthusiastisch aufgenommen wurden. – Mehr noch als Gott selbst, war dessen Heiligenschein in Rom noch wochenlang Tagesgespräch, dieser Heiligenschein, über dessen Rund so vertraute und gleichzeitig so seltsame Ermahnungen geflimmert waren, wie: ›Lasset die Kindlein zu mit kommen, aber vergeßt nicht, Kindlein in die Welt zu setzen.‹

Gottes Besuch beim Papst hatte den Feinden Scotts in aller Welt Auftrieb gegeben.

»Wir sitzen ganz schön in der Tinte«, sagte Scott.

»Das ist sehr dezent formuliert«, sagte Prinz Philip.

»Ich komme mir vor«, sagte Scott, »wie damals am Südpol, als draußen der Schneesturm tobte und wir im Zelt uns den letzten Trockenfisch zu teilen begannen.«

»Wenn mich aller Mut verlassen hat«, sagte der Prinz, »pflege ich einen Abenteuerroman zu lesen. Das Schöne an Abenteuerromanen ist, daß der Held auch die scheinbar ausweglosesten Situation zu meistern versteht. Und wenn es dem Helden an Möglichkeiten und Phantasie mangelt, einem tödlichen Schicksal zu entrinnen, ist es oft ein gnädiger Zufall, der ihm zu Hilfe eilt.«

»Soll das heißen«, sagte Scott, »daß Sie einen Hoffnungsstrahl am Horizont erblicken?«

»Diese Frage beweist, daß Ihr Verstand wieder ausgezeichnet arbeitet.«

»Wie darf ich das verstehen?«

»Dr. Woollcott vertritt nach wie vor die Ansicht, daß die jahrzehntelange Unterkühlung Ihres Gehirns ...«

»Wissen Sie was?« sagte Scott, »Woollcott ist ein guter Arzt und Freund, aber seine Theorien gehen mir gewaltig auf die Nerven.«

»Sie haben ihm viel zu verdanken«, sagte der Prinz. »Ihr zweites Leben.«

»Sie sprachen von einer vagen Hoffnung«, sagte Scott.

»Ja«, sagte der Prinz, »eine vage Hoffnung, anders ausgedrückt – nicht nur der Papst erhält Besuch.«

»Ist das wahr?« rief Scott und sprang von seinem Stuhl. »Gott wird auch uns besuchen?«

»Beruhigen Sie sich«, lachte der Prinz. »Nicht Gott, sondern ein Mann, der in allen Situationen Rat weiß. Wenn dem nichts einfällt, können wir einpacken. Ein Mann, der uns, verzeihen Sie, an Ideenreichtum weit überlegen ist, da er nicht unter den Rudimenten einer auf moralischen Skrupeln und christlichen Wertvorstellungen orientierten Erziehung leidet.«

»Das ist reichlich geschraubt ausgedrückt«, beschwerte sich Scott. »Darf ich fragen, um wen es sich handelt?«

»Streng geheim«, sagte der Prinz. »Weder die Presse noch meine Frau wissen davon.«

»Ich glaube«, sagte Scott, »Dr. Woollcott wird sich auch für Ihren Fall interessieren. Sie sind krankhaft mißtrauisch.«

»Was erlauben Sie sich?« rief der Prinz.

»Geht es um unser gemeinsames Projekt des Zeugungsverbots oder nicht?« sagte Scott und ohne die Antwort abzuwarten fuhr er fort: »Die Britische Krone und ihr treuester Diener haben bislang vertrauensvoll und fruchtbar zusammengearbeitet, ein freundschaftliches Miteinander, das nun Ihrer Geheimniskrämerei weichen soll.«

Diese Worte allein waren es nicht, die den Prinzen umstimmten, vielmehr bewirkte das tränenerstickte Pathos, das Scotts Vorwürfe begleitete, den königlichen Sinneswandel.

»Kapitän Scott«, sagte der Prinz, »ich habe Sie nie anders als einen Mann kennengelernt, der wie ein Eisbär zu seinem Wort steht. Schwören Sie, nichts zu verraten?«

»Ich schwöre«, sagte Scott, »ich schwöre beim Leben Ihrer und meiner Königin. – Wer ist es?«

»Es ist«, sagte der Prinz, »es ist Richard Milhouse Nixon.«

»Der lebt noch?« staunte Scott.

»Ja«, sagte der Prinz. »Er ist sehr alt, aber, wie man in proletarischen Kreisen sagt, noch voll auf dem Dampfer.«

Alle Wetter, Scott hatte schon immer viel von Prinz Philip gehalten, aber nicht so viel, wie er eigentlich von ihm hätte halten sollen, wie er sich beschämt eingestand, nachdem der Prinz ihm in einem Eilbrief mitgeteilt hatte, daß sich Richard Nixon bereit erklärt habe, den Posten eines Generalbevollmächtigten für das Unternehmen ›Zeugungsverbot‹ zu übernehmen. Alle Wetter, so viel Überredungskunst hätte Scott seinem Freund, dem Prinzen, nicht zugetraut. Für diesen Posten hätte man keinen geeigneteren Mann als den ehemaligen Präsidenten der USA finden können, einen Mann, der nicht nur über ein legendäres Verhandlungsgeschick, sondern zudem noch über Erfahrung in Ausrottung ganzer Völker verfügte.

Während Scott das ermutigende Schreiben aus dem Buckingham Palace noch in Händen hielt, war Richard Nixon bereits unterwegs nach Hongkong, wo Mr. Wun in einem sündhaft teuren Penthouse in der feinsten Gegend der Stadt residierte. (Kumu hatte sich etwas bescheidener in Nigeria eingerichtet, während Stanley Roosevelt noch in Neuseeland unterwegs war, um, wie er sagte, die Mentalität dieses Inselvolks kennenzulernen.) Wun hatte fieberhaft an einem Plan gearbeitet, die ohnehin schon über Gebühr kinderliebenden Asiaten zu noch mehr Nachkommenschaft zu animieren. Resultat seiner Überlegungen war, daß die europäische Sitte, Kindergeld zu zahlen, das wirkungsvollste Mittel sei, dem Treiben Scotts und der Britischen Krone ein Ende zu setzen.

»Wieviel verdienen Sie?« fragte Nixon in seiner offenen Art.

Wun nannte eine enorme Summe, dem Altpräsidenten verschlug es den Atem. Aber er ließ sich nichts anmerken, sondern versprach ein doppelt hohes Salär, falls Mr. Wun willens sei, für die Gegenseite aktiv zu werden. Wun, begeistert von der Aussicht, binnen Jahresfrist Millionär zu werden, zuckte erst einmal gleichgültig die Achseln, wie es bei Verhandlungen dieser Art international Sitte ist.

»Ihr Plan mit dem Kindergeld ist nicht schlecht«, sagte Nixon, »der kann von uns übernommen werden.«

Der mit allen Wassern gewaschene Chinese verstand sofort.

»Sie meinen, alle neun Monate Geld für ein nicht geborenes Kind?«

»Ich dachte eher an alle 17,2 Monate«, sagte Nixon, »denn laut Statistik ist das der Rhythmus, in dem die fruchtbare Durchschnittsasiatin gebiert.«

»Ich habe von dieser Statistik gehört«, sagte Wun. »Wieviel würde nach Ihrer Rechnung so eine Antimutter monatlich bekommen?«

»Nichts«, sagte Nixon. »Wir werden jeder Antimutter 30 Dollar monatlich versprechen und dieses Geld mit einem Versicherungsbeitrag und einem Antibabypillenabonnement zu insgesamt 31 Dollar monatlich verrechnen, so daß uns jede Antimutter zu jedem Ersten einen Dollar zu zahlen hat, was bei 200 Millionen gebärfähigen Asiatinnen eine Summe von 2,4 Milliarden Dollar jährlich ausmacht.«

»Klingt gut«, sagte Wun. »Sie sind ein noch größeres Schwein als ich. Und was ist, wenn die 200 Millionen Antimütter den Dollar nicht aufbringen können?«

»Sie trauen mir wohl überhaupt nichts zu«, sagte Nixon. »Oder glauben Sie wirklich, ich sei nicht fähig, eine geldgierige Versicherung aufzutreiben, die uns voll abdecken wird?«

»Und wenn die Versicherung nicht mehr zahlen kann?« fragte der vorrausschauende Chinese.

»Dann bürgen keine Geringeren als Queen Elizabeth und ihr Gemahl Prinz Philip«, sagte Nixon. »Sie haben mir, für den Fall, daß irgendeine Finanzquelle versiegt, das Inventar des Buckingham Palastes, die Kronjuwelen, den Buckingham Palast selbst und allen Landbesitz der königlichen Familie überschrieben.«

»Wie haben Sie das geschafft?« fragte Wun erstaunt.

»Whisky und mein guter Name«, sagte Nixon

Es war ein wunderlicher Zug, der sich durch den lind rieselnden Schnee den Riverside Drive entlang zum Friedhof der Trinity Church bewegte. Hinter dem Sarg schritten, mürrischen Gesichts, Gott, Sabine Huber, der deutsche Schriftsteller und der noch immer nicht entlarvte Reverend Smith her.

»Nixon hat schuld«, sagte Sabine Huber.

»Ich glaube, das Schicksal hat ihm diesen Tag zugewiesen«, sagte der deutsche Schriftsteller.

»Sie sind ein Rindvieh«, sagte Gott. »Natürlich hat Nixon schuld. Wann immer ich ein Interview gab, hat er es verstanden, mir die Worte im Mund rumzudrehen und meine Äußerungen sinnverkehrt der In- und Auslandspresse zu verkaufen. So mußte die Öffentlichkeit den

Eindruck gewinnen, ich sei Befürworter des Zeugungsverbots. Vor allem in Südamerika hat das heillose Verwirrung angerichtet.«

»Die zeugen nicht mehr«, sagte Sabine Huber.

»Leider«, sagte Gott.

»Es kam alles so plötzlich«, sagte Sabine Huber. »Als er von Nixons weltweit operierenden Unternehmen hörte, dem Säuglingsentführungsdienst ›Good bye‹ und der Waisenhauskette ›Here They Go‹, hat es ihn niedergestreckt – Herzschlag.«

»Viel zu jung«, sagte Gott.

»Ihm war es nicht vergönnt«, sagte der Schriftsteller, »die Früchte seines Lebenswerks selbst zu pflücken.«

»Früchte seines Lebenswerks?« sagte Gott. »Höchstens Fallobst.

»Wir haben verloren, begreifen Sie das nicht?«

Unter solchen Gesprächen hatte man den Friedhof erreicht. Am Eingang stand ein Geistlicher, der rund um seinen Körper kleine Papierflaggen fast aller Nationen gesteckt hatte.

»Vorfahren?« fragte der Geistliche.

»Griechen«, sagte Sabine Huber.

Der Geistliche zog links ein griechisches, rechts ein amerikanisches Fläggchen aus dem Gürtel und geleitete den Trauerzug fläggchenschwenkend zu der vorbestellten Grube.

»Ach ja«, sagte er, »ich erinnere mich – man hat vergessen, einen Grabstein in Auftrag zu geben.«

»Das ist nicht ganz richtig«, sagte Sabine Huber. »Wir konnten uns nur nicht über die Inschrift einigen.«

»Haben Sie sich inzwischen geeinigt?« fragte der Geistliche.

»Ja«, sagte Sabine Huber. »Notieren Sie:

GEZEUGT HAT ER NIE
ABER ER WAR DAFÜR
UND WIE!

»Ungewöhnlich, aber interessant«, sagte der Geistliche. »Wer hält die Predigt?«

»Niemand«, sagte Sabine Huber.

»Er wollte es so«, sagte Gott.

»Schon gut«, sagte der Geistliche.

Der Sarg wurde langsam in die Grube gesenkt, eine batteriebetriebene Maschine, die zwei Dutzend Schäufelchen betätigte, schüttete Sand auf den Sargdeckel. Der Geistliche warf die griechische und die amerikanische Papierflagge hinterher.

Es war ein wunderlicher Zug, der sich den Riverside Drive entlang vom Friedhof in Richtung einer verwaisten Agentur bewegte.

Ein neues Projekt der Journalistin! Nachdem widrige Umstände, wie zahlreiche gesellschaftliche Verpflichtungen, ihren Plan, ein Buch über die Südpolexpedition und Kapitän Scotts Wiederbelebung zu schreiben, zum Scheitern verurteilt hatten, hatte sie den Entschluß gefaßt, die Welt mit dem Augenzeugenbericht über den Niedergang einer Dynastie zu überraschen. Aber wie war es ihr gelungen, als Dauergast in den Buckingham Palast einzudringen? Den entscheidenden Hinweis hatte sie während einer Cocktailparty von Prinz Charles erhalten. Leicht angetrunken, doch dezent flüsternd, erzählte Charles der erstaunten Journalistin, daß die finanzielle Lage seiner

Eltern ein Stadium erreicht habe, das sie zu proletarischen Maßnahmen zwinge, wie etwa ein paar Seitenflügel des Palastes unterzuvermieten. Diese Bereitschaft stoße jedoch auf Schwierigkeiten, da entsprechende Annoncen im Wohnungsmarkt der Tagespresse mit der Würde der Familie nicht in Einklang zu bringen seien. Ebensosehr scheue man sich, einen Makler mit der delikaten Aufgabe zu betreuen. Er, Charles, habe es sich daher zur Aufgabe gemacht, nach geeigneten Personen Ausschau zu halten, Personen, die zu schweigen in der Lage seien, die kein Wort über ihre Adresse und den fatalen Kontostand der Queen nach außen dringen lassen. Aber schon jetzt bereue er, das alles erzählt zu haben, sei doch Leuten von der Presse grundsätzlich zu mißtrauen, wie sein Vater ihm eingetrichtert habe und wie er selbst leider habe erfahren müssen. Sie arbeite zwar für die Presse, räumte die Journalistin ein, sei aber insofern mit ihren Kollegen und Kolleginnen nicht über einen Kamm zu scheren, da sie schweigen könne wie ein Mausoleum. Charles entschuldigte sich, Bedenken geäußert zu haben, die selbstredend nur allgemeiner Natur gewesen seien und zog einen Mietvertrag aus der Innentasche seines Smokings.

»Ein glücklicher Zufall will es«, sagte die Journalistin, »daß mein alter Mietvertrag gerade ausläuft und mich nächste Woche ein paar Literaturnobelpreisträger besuchen, die mir beim Packen helfen können.«

»Die Miete ist nicht billig«, sagte Charles.

»Ich weiß«, sagte die Journalistin. »Ich werde Kurt Vonnegut, Garcia Marquez, Dostojewskij und die ganze Meute bitten, mich nicht mehr zu belästigen, damit ich mich endlich meinen Projekten widmen kann.«

»Dostojewskij?« sagte Charles. »Dostojewskij ist seit mehr als einem Jahrhundert tot.«

»Aber jede Nacht erscheint er mir im Traum und lädt mich zu einer Cocktailparty nach Petersburg ein.«

So gelang es der Journalistin, an einem sonnigen Montag im November in den Buckingham Palace einzuziehen.

Aus dem Tagebuch der Journalistin

21. November

Glücklicherweise zog ich einen Tag ehe der letzte Butler entlassen wurde in den Palast ein, so daß mir beim beim Schleppen der Möbel und Bücher etwas Hilfe zuteil wurde. Neben dem Butler, der wiederholt darauf hinwies, daß derlei Tätigkeiten nicht seinem Arbeitsvertrag entsprächen, gingen mir noch Prinz Philip und ein anderer Untermieter zur Hand. Zu meiner Freude und Überraschung war dieser Untermieter – er hatte eine Woche vor mir Quartier bezogen – ein Mann, der enorm viel von Literatur verstand, es war der Kulturphilosoph Erich-Eni MacLarrick.

28. November

Schon verbindet mich eine innige Freundschaft mit dem väterlichen und abgeklärten MacLarrick. Haben heute nach dem Frühstück beschlossen, zusammenzuziehen, uns eine Suite zu teilen, zumal die Miete wirklich horrend ist. Die Queen ist einverstanden, verlangt aber einen Aufschlag von 15 Prozent. Um Streit zu vermeiden, haben wir zugestimmt.

30. November

Tagsüber helfe ich der Queen im Haushalt und versuche Details aus ihrem Leben zu erfahren. Bedauerlicherweise ist die Queen recht einsilbig und meistens übler Laune. Ganz anders MacLarrick, der Abend für Abend, wenn wir gemütlich am Kamin sitzen, detailfreudig und Branntwein trinkend seine ruhmreiche Vergangenheit entfaltet. Einst sei er der ›Papst des geschriebenen Wortes‹ genannt, dann aber fortgejagt worden, da er seine Arbeit wegen einer Frauengeschichte vernachlässigt habe. Dies sei aber nicht der eigentliche Grund gewesen, man habe vielmehr schon seit zwei Jahrzehnten nach einem Vorwand gesucht, ihn loszuwerden. Allerdings müsse er zugeben, seinen Urlaub einmal um volle sechs Monate überzogen zu haben.

›Wegen dieser Frau?‹ fragte ich.

›Ja‹, sagte er.

›Wer war das?‹ wollte ich wissen.

›An Weihnachten werde ich alles gestehen‹, sagte MacLarrick. ›Wenn wir deutsche Weihnachten feiern, am 24. Dezember, wenn wir uns britischer Sitte anschließen wollen, am 25. Dezember.‹

›Ich bestehe auf einer deutschen Weihnacht‹, sagte ich, ›mit Baum, Gänsebraten und Sauerkraut.‹

25. Dezember

Ich verstehe nicht viel von der Kunst des Kochens, doch unser gestriges Festmahl, dessen Zubereitung mich den ganzen Nachmittag gekostet hatte, war mir gut gelungen. MacLarrick, ein verwöhnter Gourmet, war des Lobes voll. Nach dem Essen, wir saßen bei Kerzenlicht und Rotwein am flackernden Kamin, erzählte mir MacLarrick die angekündigte Geschichte, eine Geschichte, die so unglaubwürdig klang, daß sie Wort für Wort wahr sein mußte, da MacLarrick nicht über die geringste Spur Phantasie verfügt.

›Ewig ist es her‹, hub er an, ›als ich während eines Urlaubs auf der Karibikinsel San Lorenzo eine Bardame kennenlernte, in die ich mich sofort bis über beide Ohren verliebte. Sie war die Tochter einer Deutschen und eines Amerikaners, der kurz nach der Geburt der unehelichen Tochter in die USA zurückkehrte und nie wieder etwas von sich hören ließ. Als ich Sabine, so der Name der armen Kellnerin, kennenlernte, war sie vielleicht 26 Jahre alt, und ich machte ihr auf der Stelle einen Heiratsantrag. Sie gab mir ihr Ja-Wort unter der Bedingung, ihr eine Reise durch die USA zu finanzieren, deren Ziel und Zweck es sei, ihren Vater ausfindig zu machen. Jahrzehntelang überwies ich Geld, bis mir zu Ohren kam, daß Sabine nach Lambarene gezogen war, um das segensreiche Wirken Dr. Albert Schweitzers mit ihrer Hände Arbeit zu begleiten. Ich zögerte keine Sekunde und buchte nach Afrika. In Lambarene angekommen, mußte ich feststellen, daß Sabine in ihrer Bambushütte meinen ehemaligen Butler beherbergte, der vorgab, an einer Albert-Schweitzer-Biografie zu arbeiten, in Wirklichkeit aber nichts anderes im Sinn führte, als Sabine das mir gegebene Ja-Wort zu entreißen. Es kostete mich einige Mühe, den lästigen Schriftsteller . . .‹

An dieser Stelle unterbrach ich MacLarrick.

›Wie hieß diese Sabine mit Nachnamen?‹

›Huber‹, sagte MacLarrick. ›Ich nehme an, daß sie inzwischen irgendeiner tückischen Tropenkrankheit zum

Opfer gefallen ist und in der Nähe Albert Schweitzers zur ewigen Ruhe gebettet wurde.‹

›Falsch!‹ rief ich. ›Sabine Huber lebt!‹

›Sabine ... Huber ... lebt?‹, stammelte MacLarrick ungläubig.

›So wahr ich einen Presseausweis habe!‹ sagte ich. ›Sie arbeitet als Sekretärin in der Agentur, die Gott vertritt und Scott die Hölle heiß macht. Ich war bei der Einweihungsparty und habe den ganzen Abend mit Sabine gesprochen.‹

›Ist sie verheiratet?‹ keuchte MacLarrick.

›Nein‹, sagte ich, ›aber ein deutscher Schriftsteller macht ihr den Hof.‹

›Der aus Lambarene?‹ fragte MacLarrick.

›Ein anderer Schriftsteller‹, sagte ich, ›blutjung und schon einmal am Südpol erfroren.‹

›So, so‹, sagte MacLarrick abwesend, ›mein Butler in Lambarene erfroren.‹

28. Dezember

Ich schreibe diese Zeilen im Flugzeug. Noch fünf Stunden bis New York. MacLarrick sitzt neben mir und schläft. Ich soll ihn wecken, wenn der Film anfängt. Kapitän Müller und seine Mannschaft freuen sich, einen klassischen Tarzanfilm präsentieren zu dürfen. Tarzan und Jane haben so wenig miteinander geschlafen wie Scott und ich, haben aber auf einmal einen sechsjährigen, sportlichen Sohn. Als Tarzan sagte: ›Ich Tarzan – du Jane – Sohn haben‹, wachte MacLarrick auf.

›Diese schlichte Sprache‹, sagte er, ›ist vorbildlich; der einfache Mann auf der Straße und der Kritiker können ihr folgen.‹

29. Dezember

Ich schreibe diese Zeilen im Hotel. Heute Mittag Taxi zur Agentur Papacostros genommen. Sabine Huber öffnet die Tür, erkennt MacLarrick nicht wieder. MacLarrick enttäuscht, da Sabine Huber inzwischen ebenfalls drei Jahrzehnte gealtert. MacLarrick deutet auf Gummibaum neben Schreibtisch, erwähnt Urwald, Afrika, Karibik, San Lorenzo, Albert Schweitzer. Sabine Huber sagt nur: ›Diese Gummibäume.‹

›Haben Sie etwas gegen Gummibäume?‹ fragt MacLarrick.

›Die typische Büropflanze, überall auf der Welt‹, sagt Sabine Huber. ›Übrigens, wir sind im Moment so rein gar nicht auf Besuch eingestellt, da wir gerade von der Beerdigung unseres Chefs kommen. Ja, Stan Papacostros ist nicht mehr.‹

›Stören wir?‹ sagt MacLarrick.

›Kommen Sie schon rein‹, sagt Sabine Huber.

›Was darf ich Ihnen anbieten?‹ sagt der deutsche Schriftsteller. ›Kaffee oder Tee?‹

›Quatsch!‹, sagt Sabine Huber. ›Im Kühlschrank sind noch zwei Flaschen Champagner. Gut, Papacostros ist tot, traurig genug, aber wir haben auch einen fröhlichen Grund, die Gläser klingen zu lassen – der deutsche Schriftsteller und ich haben am Grab des Chefs beschlossen, nächste Woche zu heiraten.‹

MacLarrick sprang auf.

›Mir hast du die Ehe versprochen‹, rief er, ›mir, deinem Erich-Eni. Erinnerst du dich nicht, Sabine? San Lorenzo, die Bar, ich habe deine USA-Reise finanziert.‹

›San Lorenzo‹, sagte Sabine Huber, ›damals machte mir jede Woche jemand einen Heiratsantrag – und jeder versprach mir, eine USA-Reise zu finanzieren; die meisten haben ihr Versprechen gehalten.‹

MacLarrick verfärbte sich, rang nach Luft, drehte sich einmal um sich selbst und fiel tot zu Boden. Er lag da, die Arme waagrecht von sich gestreckt, die Füße übereinander gekreuzt, das Haupt offenen Mundes auf das linke Schlüsselbein gesenkt.

III

Wenn ich auf mein 50jähriges Leben zurückblicke, frage ich mich manchmal, wen von den vielen Menschen, die inzwischen zur ewigen Ruhe gebettet wurden und nie meinen Weg gekreuzt haben, ich am liebsten kennengelernt hätte. Jahrelang habe ich meine Arbeitskraft einem Unternehmen zur Verfügung gestellt, das nichts anderes tat, als die Ideen jenes Mannes zu bekämpfen, dessen Bekanntschaft nie gemacht zu haben ich von Herzen bedauere. Obwohl ich in diesem Unternehmen, wie mir heute scheint, mehr geduldet als geachtet war und ich bis heute nicht so recht weiß, worin der Sinn meiner Tätigkeit bestand, war Robert Falcon Scott mein Widersacher. Ich sage Widersacher, nicht Feind, denn bei Goethe oder Emerson habe ich gelesen, daß geistig höherstehende Individuen in edlem Wettstreit um die Wahrheit ringen. Scott war eine herausragende Figur, gerne hätte ich mit ihm Tee getrunken und diskutiert. Es kam nie dazu, und noch heute ertappe ich mich gelegentlich dabei, wie ich mir Argumente zurechtformuliere, die Scott bewegen sollen, den Pfad des Zeugungsverbots zu verlassen. Scott ist tot. Schon lange. Er kam schlafend bei einem Zimmerbrand ums Leben. Die Wohnung brannte fast vollständig aus, wie durch ein Wunder wurde Scotts allerletztes Tagebuch gerettet. Es endete mit den denkwürdigen Worten: ›Um Himmels Willen, kümmert euch um niemanden mehr.‹

Ich darf nicht klagen. Hunderte, wenn nicht Tausende haben Scotts Bekanntschaft gemacht, aber nur wenigen wurde das Glück zuteil, Gott persönlich zu begegnen. Natürlich existiert Gott, wenn er auch nicht mehr auf Erden weilt. Ich sehe noch alles vor mir, als sei es gestern gewesen. Es war Sommer, und ich besuchte eines der traditionellen Open-Air-Konzerte der New Yorker Philharmoniker im Central Park. Besonders beliebt waren die Konzerte, die mit einem Feuerwerk endeten, wenn Raketen und grüner Regen und orange Lotosblüten sich über den nächtlichen Himmel ergossen. Das Feuerwerk war gewöhnlich so laut, daß man die Musik nicht mehr hörte, aber das machte dem Publikum in der Regel nichts aus. Bei dem Konzert, von dem ich spreche, war kein Feuerwerk angesagt, dennoch fand eines statt, prächtiger und farbenfroher als man es je gesehen hatte, denn Gott stellte sich, kurz ehe die Coda einer beliebten Beethoven-Symphonie anhub, vor das Podium, hob segnend die Hände und ließ Finger um Finger, kleinen Raketen gleich, ins Firmament schnellen, wo sie explodierten und in Form sprühender Lichtgarben in den Park zurücksanken; nach den Fingern waren die Zehen, dann die Unterarme, dann die Unterschenkel an der Reihe, und je mehr Gott schrumpfte, sich verstümmelte und reduzierte, desto kunstvoller, unbegreiflicher entfaltete sich das knallende Schauspiel über Orchester, Publikum und Skyline. Nie hatte man in kitschigeren Farben Szenen aus dem Leben der großen Religionsstifter gesehen, Feuerwerkcomics, bunt und lichterloh und – Konzession an amerikanische Sehgewohnheiten – unterbrochen von funkenspeienden Commercials für aktuelle Produkte der Zahnpastaindustrie und anderer Waren, es fauchte und zischte, die Wolken taten sich auf, Gott war nur noch ein lächerlicher Torso im Gras vor dem Podium wankend, als er sich zum

Höhepunkt des Feuerwerks aufraffte, seinen Rumpf in den Himmel sandte, in zweihundert Meter Höhe detonierte und ein Spektakel bot, das, ich übertreibe nicht, die furiose Summe aller Feuerwerke seit Bestehen der Menschheit zog.

Das erste Land, das sich vollständig entvölkert hatte, war Afghanistan gewesen. Der sowjetischen Besatzung überdrüssig, hatte das afghanische Volk beschlossen, kurzerhand auszusterben. Die sowjetischen Soldaten hüteten sich, dem Kreml von diesem Vollzug der Scottschen Empfehlung Mitteilung zu machen, da sie nun, unbehelligt von Partisanen, maulenden Bürgern und westlichen Journalisten, angenehmen Zeiten entgegensahen. Dem akuten Frauenmangel verstanden sie durch gelegentliche Raubzüge auf iranischem und pakistanischem Gebiet und im hügeligen Turkmenistan zu begegnen. Auf die Dauer jedoch konnten dem Kreml die Zustände in Afghanistan nicht verborgen bleiben. Die Truppen wurden abgezogen und Afghanistan wurde zu einem überzeugten und treuen Bündnispartner erklärt, der endlich seinen nationalen Weg gefunden habe, den aggressiven Verlockungen des US-Imperialismus zu widerstehen.

Ich gab dieses Fragment Sabine Huber zu lesen, die vor bald zehn Jahren meine Frau geworden war, mir einen Traum erfüllend an meiner Seite, wenn auch trüben Blicks, krampfadrig und vor Alter schwach und bucklig, ins Standesamt schritt, um den Bund für's Leben zu besiegeln.

›Nicht schlecht‹, sagte sie. ›Scott ist tot, Gott hat sich aufgelöst, und was Afghanistan betrifft, so könnte es wirklich mal kommen. Mich erstaunt nur, warum du auf einmal diesem Scott nachtrauerst? Du hättest Gott und

Papacostros kennenlernen sollen, die waren viel interessanter.‹

›Aber Schatz‹, sagte ich, ›mit Gott und Papacostros haben wir doch gemeinsam gearbeitet. In New York. Erinnerst du dich nicht?‹

›Gott mochte ich nicht so sehr‹, sagte Sabine, ›aber Papacostros war fabelhaft. Schade, daß du ihn nicht gekannt hast.‹

›Fühlst du dich wohl, Sabine?‹, fragte ich. ›Noch ein Kissen, noch eine Tasse Kamillentee?‹

›Papacostros war genial‹, sagte Sabine.

Der Haussegen hängt mal wieder schief. Sabine, meine liebe Frau, hat obenstehendes Fragment gelesen, das ich nachlässig auf meinem Schreibtisch habe liegen lassen.

»Ich werde mit dir erst wieder sprechen, wenn du das so gründlich umgeschrieben hast – oder am besten, du wirfst es gleich fort«, sagte Sabine. »Du weinst diesem Blödmann Scott dicke Krokodilstränen nach, glaubst, daß Gott weiß Gott wer war und schilderst mich als eine senile Vollidiotin. Und diesen Quatsch mit Afghanistan kannst du sowieso vergessen.«

»Und die Selbstauflösung Gottes im Central Park?«, fragte ich.

»Stimmt einigermaßen«, sagte Sabine. »Kannst du stehen lassen.«

Wie es bei alten, verkalkten Menschen oft der Fall ist, hatte auch Sabine Huber lichte Momente, war oft stunden-, manchmal tagelang im Vollbesitz ihrer geistigen Fähigkeiten, um dann wieder langen Phasen zerebraler Wirrnis anheimzufallen. Diese Phasen nahmen immer mehr überhand, dennoch mußte ich auf der Hut sein.

Zwar war ich nun nicht mehr, wie zu Papacostros' Zeiten, mit einem Schreibverbot belegt, durchaus nicht, Sabine wünschte sogar, daß ich meine Autobiografie verfasse, die Schwierigkeit war nur, jetzt gleichzeitig an zwei Manuskripten arbeiten zu müssen, meiner eigentlichen Biografie und der Version für Sabine. Nachdem meine Frau unglücklicherweise die Entdeckung auf meinem Schreibtisch gemacht hatte, bestand sie Abend für Abend darauf, das Tageswerk vorgelesen zu bekommen. Sie war dann immer hellwach, völlig konzentriert, ich konnte allmählich den Verdacht nicht länger unterdrücken, daß ihre Phasen der Umnachtung lediglich vorgetäuscht waren. Ich konnte nicht vorsichtig genug sein. Das ›eigentliche‹ Manuskript, an dem ich heimlich schrieb, versteckte ich im Heuhaufen unserer Scheune – wir waren nach Appenzell gezogen und lebten in dem bergumfriedeten, Innerrhoden geheißenen Teil des Kantons und dort wieder in einem Einödhof, den uns ein Ahn längst nach Bern ausgewanderter Nachfahren zu einem wahren Spottgeld überlassen hatte – die für Sabine bestimmte Fassung komponierte ich in den späten Nachmittagsstunden, wenn die Sonne, je nach Jahreszeit, die schneebedeckten oder saftgrünen Matten beleuchtete und wärmte. Man kann sich keinen größeren Gegensatz zu New York als dieses Tal denken, in dem noch die ungestörte Natur waltet. Während in New York sich ein buntes, chaotisches Völkergemisch tummelt, herrscht hier der Typus des kleinwüchsigen, knorrigen Alpinen vor, ein erzgesunder Menschenschlag, der von dem Teufel Edison und seinen Errungenschaften noch nie etwas gehört hat. Glühbirnen, Radio, ja selbst Zeitungen sind in Innerrhoden bis zum heutigen Tag unbekannt – der eigentliche Grund, warum Sabine, wie sich bald herausstellen sollte, darauf bestanden hatte, hierherzuziehen.

Fassung für Sabine

Wenn ich auf mein 50jähriges Leben zurückblicke, frage ich mich manchmal, welche Begegnungen ich zu meinen glücklichsten zählen darf. Am Ende solcher Überlegungen bleiben stets zwei Namen übrig: Sabine Huber und Stan Papacostros. Über Sabine Huber, meine liebe Frau, werde ich noch ausführlich erzählen, hier nur ein paar Worte über Papacostros. Dieser aus Griechenland stammende Gentleman war ein brillanter, tiefreligiöser Manager, der abendländische Kultur und amerikanischen Geschäftssinn auf's Glücklichste zu einen wußte. Mehr als lobende Worte es vermögen, zeichnete ihn die Tatsache aus, daß Gott ihn auserwählt hat, seine irdischen Interessen in die Hand zu nehmen. Papacostros hatte sich nichts Geringeres als die Erhaltung der Menschheit zur Aufgabe gemacht, ein fast hoffnungsloses Unterfangen angesichts der Popularität des Kapitän Scott. Vielleicht werden Sabine und ich dereinst im Jenseits erfahren, warum es Gott gefallen hat, Papacostros so früh in die Ewigkeit abzuberufen.

Das Werk Papacostros' hat später das afghanische Volk fortgesetzt. Der sowjetischen Besatzung überdrüssig, hatten die Afghanen kurzerhand beschlossen, wie irrsinnig Kinder in die Welt zu setzen, um eine ganze Generation neuer Partisanen den Besatzern auf den Hals hetzen zu können.

»Das ist großartig«, sagte Sabine, nachdem ich ihr diese Neufassung vorgelesen hatte. »Ich finde, du hast da in wenigen Zeilen viel gesagt. Ich wollte, wir hätten das Geld, nach Afghanistan zu fahren, um das Volk zu ermutigen.«

»Die haben keine Ermutigung nötig«, sagte ich. »Die zeugen, daß das Land schon fast aus den Nähten platzt. Die sind unsere natürlichen Verbündeten.«

»Kapitän Scott erhält den dritten Todesstoß«, sagte Sabine. »Erst erfroren am Südpol, dann verbrannt in London und nun die Ermordung seiner Idee durch das afghanische Volk.«

»So habe ich das nie gesehen«, sagte ich, »aber du hast völlig recht.«

»Gib mir Papier und Bleistift«, sagte Sabine. »Ich möchte eine Grußadresse nach Kabul aufsetzen.«

Ich reichte Sabine Papier und Bleistift. Sie zog die Knie an und schrieb:

> ›Weiter so, ihr tapferen Krieger. Sattelt eure Pferde und reitet nach Pakistan und Persien, dort euer segensreiches Werk fortzusetzen. Gott segnet euer Tun. Wir verfolgen die Statistiken mit Spannung. Nieder mit Scott! – Es grüßen euch zwei persönliche Freunde Gottes. – Sabine Huber und Gemahl.

»Bring das zur Post«, sagte Sabine.

»Das nächste Postamt ist vier Tagesmärsche von hier entfernt«, sagte ich.

»Das macht nichts«, sagte Sabine. »Zieh dich warm an, nimm genug zu essen mit und übernachten kannst du bei irgendwelchen Bauern. Die sollen sehr gastfreundschaftlich hier sein, habe ich gehört.«

Als ich nach zehn Tagen zurückkam, war Sabine Huber tot. Auf dem Nachttisch lagen zwei Briefe. Einer war von Sabine und fing so an:

›Mein lieber Mann, du warst kaum aus dem Haus, als der Postbote kam, der, wie er versicherte, seit dreißig Jahren nicht mehr in dieser Gegend gewesen war. Er brachte einen in London abgestempelten Brief, dessen Inhalt mich wie ein Keulenschlag traf.‹

Ich unterbrach die Lektüre und las das Schreiben aus London:

›Sehr verehrte Frau Huber, sicherlich sind Sie überrascht, von einem Unbekannten Post zu erhalten. Gestatten Sie daher, daß ich mich kurz vorstelle: ich bin Michael Smith, Sohn jenes Reverend Smith, der gelegentlich die Ehre und das Vergnügen hatte, Sie in der New Yorker Agentur, in der Sie arbeiteten, begrüßen zu dürfen. Mein Vater ist vorige Weihnachten gestorben und in buchstäblich letzter Minute bat er mich, Ihre Adresse ausfindig zu machen und Ihnen die wahren Hintergründe seiner Tätigkeit mitzuteilen. Ersparen Sie es mir bitte, Ihnen zu schildern, welche Mühe es mich kostete, Ihre Anschrift in Erfahrung zu bringen. Es war die schlimmste Zeit meines Lebens. Weit unangenehmer ist es mir jedoch, Sie, verehrte, gnädige Frau, nun mit einer Tatsache konfrontieren zu müssen, die die letzten Jahre meines Vaters verdüsterte und an der auch ich, obzwar unschuldig, schwer zu tragen hatte. Mein Vater hat Sie mir oft als eine Freundin offener Worte geschildert, weswegen ich es für richtig halte, mich einer unverblümten Sprache zu bedienen.

Mein Vater war ein verlogener, dreckiger Spion. Von Anfang an hatte er zu Robert Scott und Prinz Philip gehalten und sich nur in Papacostros' Agentur eingeschlichen, um diese Feinde Britanniens auszuhorchen und die Anhänger Scotts mit Informationen zu versorgen. Wahrscheinlich haben Sie, Mr. Papacostros und dieser deutsche Schriftsteller sich oft gewundert, warum die Herren Wan, Kumu und Roosevelt so außerordentlich ineffektiv arbeiteten. Nun, in Wirklichkeit arbeiteten sie äußerst effektiv – für Scott und Philip. Meinem Vater war es nämlich gelungen, den ehemaligen US-Präsidenten Richard Nixon zu überreden, die Herren Wan, Kumu und Roosevelt zu überreden, für Scotts Idee zu kämpfen. Erstaunlicherweise hat Mr. Nixon kein Geld für seine Bemühungen verlangt, er wolle lediglich, wie er sagte, ›in Übung bleiben‹.

Wie sie wahrscheinlich gehört haben, sind nach den tapferen Afghanen inzwischen auch die Norweger, Isländer und Eskimos ausgestorben. Die drei letztgenannten Völker hatten, wie Soziologen vermuten, das ewige Frieren satt. Das britische Volk kommt mir in letzter Zeit wie ein einziger Robert-Scott-Fanclub vor und sieht seiner Selbstauflösung ebenso unausweichlich entgegen wie das deutsche Volk, dessen Regierung allwöchentlich eine erstaunliche Vielzahl an Verboten, Weisungen, Geboten, Strafandrohungen, Bestimmungen etc. produziert, um den Untergang mit disziplinarischer Würde und der gewohnten Perfektion auszustatten. Im Kreml geht sowieso alles drunter und drüber, mit allem hatte man gerechnet, nur mit dieser einen Katastrophe nicht – der letzte Fünfjahresplan hatte geklappt.

Ja, wohin man blickt, traurige Zustände. Wir britischen Pfarrer beten zwar täglich zu Gott, aber der Polarforscher, eine späte Beute des Satans, ist drauf und dran, posthum den Sieg davonzutragen. Die Statistiken, die

Prognosen weichen noch stark voneinander ab, doch darf man davon ausgehen, daß die Menschheit sich seit der Wiedererweckung des Mr. Scott bereits um ein Drittel reduziert hat. Das allein wäre nicht alarmierend, würde sich die unselige Tendenz nicht aufsehenerregend beschleunigen.

Seien Sie versichert, verehrte, gnädige Frau, daß es mich zutiefst betrübt, Sie mit einer solchen Flut unerfreulicher Nachrichten überspülen zu müssen. Wir dürfen froh sein, wenn wir überhaupt noch mit Neuigkeiten versorgt werden. Mangels Abonnenten- und Journalistennachwuchses gehen die Zeitungen ein wie die Fliegen. Die altehrwürdige Times erscheint nur noch in Form von zwei hektographierten Blättern. Je kleiner die Menschheit wird, desto geringer die Nachrichtenschwemme. Kriege finden so gut wie nicht mehr statt, Morde, Vermählungen, Brandkatastrophen, Flugzeug- und Eisenbahnunfälle, Bestechnungsskandale etc. werden immer seltener. Die Journalisten sind verzweifelt, sie haben bald nichts mehr zu berichten. Mir ist es, offen gesagt, egal, wieviele Menschen unseren Erdball bevölkern, aber ohne die Times, meiner regelmäßigen Frühstückslektüre, möchte ich auch nicht mehr leben.

Ihr aufrichtig ergebener
Michael Smith‹

Ich wandte mich wieder Sabines Brief zu:
›. . . Du hattest also doch recht mit Afghanistan. Scotts schrecklicher Plan ist lebendiger denn je. Ich habe es nie wahrhaben wollen, doch immer geahnt. Gottlob hatte ich den glücklichen Gedanken, mit dir in dieses Tal zu ziehen, über das die Geschichte spurlos hinweggegangen ist.

Man mag über die Appenzeller denken was man will, eines ist sicher, außer uns beiden hat hier noch niemand etwas von Kapitän Scott gehört. Und bald wirst du der einzige sein, denn ich weiß, daß ich bald sterben werde.

Mein lieber Mann, wir haben nie den Geschlechtsakt vollzogen, so gerne du das auch mit deinem Tick für ältere Frauen getan hättest. Noch ein paar Tage, und du bist Witwer und frei. Höre meinen letzten Willen: Such' dir eine junge, kräftige Appenzellerin, heirate sie und treib es mit ihr was das Zeug hält. Gehe fremd, so oft du kannst. Ich weiß nicht, seit wann es Menschen auf der Erde gibt, aber ich weiß, daß es zuerst sehr wenige waren. Die Menschheit schwindet dahin, aber an dir ist es, sie wieder auferstehen zu lassen. Und sie wird sich schneller entwickeln als damals, denn sie muß nicht erst Jahrtausende in zugigen Höhlen verbringen, ehe sie auf die Idee kommt, Hütten zu bauen, sie muß nicht Jahrtausende rohes Fleisch essen, da sie kein Feuer zu kultivieren versteht. (Streichhölzer sind in der Schublade unter der Spüle.) Bedeutende Errungenschaften wie Werkzeuge und das Rad, die Kunst des Schreibens und des Lesens usw. kannst du schon der ersten Generation vermitteln. Das nur, falls die Appenzeller sich anschicken sollten, in letzter Sekunde doch noch auszusterben, ansonsten sind diese Grundpfeiler der Zivilisation ja auch hier schon bekannt. Du wirst keine Schwierigkeiten haben, ein neuer Urvater, ein neuer Adam des Menschengeschlechts zu werden. Wenn es diesmal besser klappt, hat Scott am Ende doch richtig gehandelt. Und nun mit frischer Kraft eine Appenzellerin gesucht! Klopfe an die Almhüttentüren und dir wird aufgetan, suche, und du wirst eine finden.

Draußen tobt ein Schneesturm. Ich glaube nicht, daß ich diesen Brief noch werde fortsetzen können. Es ist ein Jammer. Um Himmels Willen kümmere dich um die Appenzellerinnen. Im Jenseits gibt es ein Wiedersehen, nicht nur mir dir, mein lieber Mann, sondern auch mit Gott, Papacostros und den Drecksäuen Smith und Nixon. Die werden dumm gucken, wenn sie auf deinen Kindersegen blicken.

Mach's gut und oft
Deine Sabine‹

Tief bewegt legte ich den Brief beiseite und ging zur Vorratskammer, um mir etwas zu essen zu holen. Die Vorratskammer war leer, ich hatte bis zum letzten Wurstzipfel alles auf meine Wanderung zur Post mitgenommen. Sabine Huber, zu schwach, die drei Täler und vier Bergkämme zur nächsten Einkaufsmöglichkeit zu überwinden, war während meiner Abwesenheit schlicht verhungert. Ich hatte ein furchtbar schlechtes Gewissen und schwor, Sabines letzten Willen zu befolgen.

Ein Glück, daß ich während meiner Appenzeller Jahre von Anfang an Kontakt zur Bevölkerung gesucht habe, was zwar nie zu Freundschaften, kaum jemals zu oberflächlichen Bekanntschaften geführt, aber immerhin ausgereicht hat, in dem gutturalen Idiom dieses Gebirgsvolks halbwegs heimisch zu werden. Ein Glück, sage ich, denn sonst hätte ich die zahlreichen Reden nicht verstanden, die während Rosis und meiner Hochzeit gehalten wurden.

Wer die Appenzeller kennt, wird bezweifeln, daß ich überhaupt unter den Eingeborenen eine Braut gefunden habe, weiß er doch, daß dieser Menschenschlag bis zur

Raserei menschenfeindlich ist. Ich gebe zu – es war schwierig. Und ich gebe ferner zu – die Sache hat einen Haken. Ich weiß nicht so recht, wie ich mich ausdrücken soll. Nun, auch bei den gesündesten, unverdorbensten, rüstigsten Volksstämmen erinnert die Natur gelegentlich an ihre Unzulänglichkeit. Da werden Rinder von der Maul- und Klauenseuche befallen, Hühner sterben an der Hühner-, Schweine an der Schweinepest, oder ein Menschenkind kommt zur Welt, das nicht einmal schlichten Ansprüchen genügt. Es will nicht so recht wachsen, ist überhaupt etwas schwach und bucklig und hustet die ganze Zeit. Man gibt sich alle erdenkliche Mühe, aber es lallt und sabbert nur, anstatt ganze Sätze zu formen. Die Ärmchen und Beinchen bleiben so dürr wie der Reisig neben dem Herd, aber es lernt schließlich doch noch zu krabbeln und gar zu gehen, wenn auch einen Fuß ständig hinter sich herschleifend über die Holzfußböden oder saftigen Matten. Diese dauernswerten, wasserköpfigen, aber trotz allem liebenswerten Geschöpfe nennt man, sofern sie männlichen Geschlechts sind ›Dorfdeppen‹ und sind sie weiblichen Geschlechts, nennt man sie die ›Idiotenwalli‹ oder die ›Idiotenheidi‹ oder eben die ›Idiotenrosi‹. Ich schäme mich meiner Frau nicht. Meine Vermählung mit der Idiotenrosi – ich nenne sie freilich nur Rosi – ist in jeder Beziehung gerechtfertigt:

1) Die Rosi hätte keinen anderen Mann gefunden.
2) Ich hätte in Appenzell keine andere Frau gefunden.
3) Mein mühsam unterdrücktes Triebleben.
4) Sabine Hubers Testament.

Es war ein schönes Hochzeitsfest. Nur die Musik störte mich ein wenig. Drei Alphornbläser gaben ihr bestes. In ihrer natürlichen und derben Art wünschten uns die

Bauern alles Gute. Als Mitgift erhielt ich ein Schwein und zwei Gummibettücher. Am Abend des Hochzeitstages zogen wir in meine Hütte. Ich bezog Rosis Bett mit einem der beiden Gummilaken, dann löschte ich das Licht. Auf den Tag neun Monate später gebar Rosi ein blondes, kräftiges Mädchen, das ich auf den Namen Sabine taufen ließ. Die Geburt unserer Tochter war für mich insofern von überragender Bedeutung, da ich von Michael Smith, mit dem ich eine regelmäßige Korrespondenz unterhielt, gehört hatte, daß nach den Afghanen nun auch die Ägypter ausgestorben seien. Einen soziologischen Befund dieser Tatsache gebe es nicht, da auch die Soziologen ausgestorben seien. Dank Mr. Smith' Mitteilungsdrang wußte ich, daß dies nicht der erste Berufsstand war, der nicht mehr zur Verfügung stand. So gibt es beispielsweise schon lange keine Piloten mehr. Angesichts der zögernden Bereitschaft, Kinder zu zeugen, war es kein Wunder, daß sich die Kinderärzte und Hebammen auf Nimmerwiedersehen verabschiedet hatten. Das wieder hatte einen sprunghaften Anstieg der Säuglingssterblichkeit zur Folge, was den paar verbliebenen zeugungswilligen Familien viel zu schaffen machte. Gottlob war meine Rosi doch irgendwie robust genug, um Jahr für Jahr ohne Arzt und Hebamme einem Kind das Leben zu schenken. Es waren immer Töchter und ich ließ sie alle auf den Namen Sabine taufen, nicht aus Mangel an Phantasie, sondern als Huldigung an meine unsterbliche, verstorbene Sabine Huber.

Seit Menschengedenken war die Geburtenrate in Appenzell stabil gewesen. Das hat sich seit meiner Hochzeit geändert. Fast alle Appenzellerinnen zwischen 15 und 45 waren plötzlich schwanger. Außer den Betroffenen wußte dieses Phänomen zunächst niemand zu deuten; die wildesten Gerüchte kursierten, man entsann sich einer Geschichte über eine Jungfrau und den Heiligen Geist, Gerüchte, die erst verstummten, nachdem einige der Schwangeren unter Folter ausgesagt hatten, sie seien nachts hinterm Stall oder in ihrer Schlafkammer vergewaltigt worden. Um jeden Verdacht von mir zu weisen, machte ich mich zum Wortführer einer Gruppe wütender Bauern, die den Übeltäter zu greifen und bestrafen trachteten. Gleichzeitig klagte ich, wo immer ich einem verheirateten Mann begegnete, über Potenzschwierigkeiten, die es mir bedauerlicherweise nicht erlaubten, meiner Frau öfter als jährlich zweimal beizuwohnen. Vermutungen, dies sei möglicherweise der wenig attraktiven Beschaffenheit meiner Frau anzulasten, begegnete ich derart entrüstet, daß man sich sogleich zu entschuldigen beeilte.

Als unsere Tochter das zehnte Lebensjahr erreicht hatte – noch fünf Jahre, dachte ich damals, und ich werde auch sie vergewaltigen, um die letzten Zweifel an meinem verbrecherischen Tun hinwegzufegen – waren die Kolumbianer, Ungarn, Australier und Koreaner ausgestorben. Aber es gab nach wie vor erstaunlich viele Briten. In London hatten sich, einer Mitteilung von Michael Smith zufolge, sämtliche Buchmacher von Pferderennen und Fußball auf Völkersterben umgestellt. Ein paartausend Engländer, die leichtsinnig auf Brasilien gesetzt hatten, sahen ihr Geld verloren, während Spieler, die auf Außenseiter wie Ungarn oder Korea gewettet hatten, plötzlich reich wurden, neuen Lebensmut schöpften, Häuser kauften und gar Familien gründeten. Doch trauerten die frischgebackenen Ehemänner und Ehefrauen manchmal jenen Zeiten nach, da England, London zumal, von gutaussehenden, dynamischen, wohlhabenden Heiratskandidaten förmlich überquoll. Vor dem ein oder anderen Kamin bereute man heimlich, nicht früher zugegriffen zu haben und tröstete sich mit dem Gedanken, daß die Auswahl bald noch spärlicher und trauriger sein werde.

Es war mein Glück, daß sich das englische Volk so tapfer hielt, so erschien wenigstens in diesem Land noch eine Tageszeitung, was Michael Smith befähigte, mich alle drei bis vier Monate mit den wichtigsten Neuigkeiten zu versorgen. Michael Smith verstand es, in wenige Zeilen ein Konzentrat des Weltgeschehens zu pressen. Mir fiel auf, daß das Wort ›Mißernte‹ offensichtlich ausgestorben war. Mißernten gab es nicht mehr, da die paar Tonnen Getreide, Rüben, Obst und Kartoffeln dem verbliebenen Rest der Menschheit vollauf genügten.

Als meine älteste Tochter zwölf wurde – nur noch drei Jahre bis zur Vergewaltigung – waren die Portugiesen und Kanadier ausgestorben, und meine ehelichen und unehelichen Kinder soweit herangewachsen, daß ein tödlicher Skandal sich nicht länger vermeiden ließ. Denn ob ehelich oder nicht, knapp die Hälfte aller während der letzten zwölf Jahre in Appenzell geborenen Kinder waren mir wie aus dem Gesicht geschnitten. Irgendwann mußte das den Appenzellern auffallen und als es ihnen aufgefallen war, wurde ich mit Schimpf und Schande in meine Hütte gejagt. Man werde mir nach alter Sitte den Prozeß machen. Seit gestern steht das Urteil fest, morgen in aller Herrgottsfrühe werde man es vollstrecken.

Meine letzte Nacht. Ich setzte mich auf die Kante von Rosis Bett.

»Dein Köpfli ist rot«, sagte Rosi. »Warum ist dein Köpfli so rot?«

»Wenn ich mal nicht mehr bin«, sagte ich, »ich meine,

du warst unseren zwölf Töchtern immer eine wundervolle Mutter und wirst es immer sein.«

»Warum hast halt so a rots Köpfli?«

»Es kann sein«, sagte ich, »daß ich schon morgen nicht mehr lebe.«

»Und darum hast so a rots Köpfli?«

»Ja«, sagte ich, »du sollst alles erfahren: morgen bist du Witwe.«

»Witwe«, lallte Rosi, »Witwe ...«

Sie weiß nicht – ja, allmählich wird es Zeit, daß ich das Präsens wähle – sie weiß nicht, was das heißt, was das bedeutet. Morgen wird sie Witwe sein. Eine Hütte, zwei Gummilaken und zwölf Töchter. Die Nachbarn werden sich ihrer annehmen, da bin ich sicher. So unbarmherzig diese robusten Zwerge auch scheinen mögen, wenn es hart auf hart geht, dann sind sie zuverlässig wie die Alpenmassive, in denen sie zu Hause sind.

Ein Wort noch zu unseren Kindern. Vier Töchter sind ganz nach mir geraten, vier ganz nach Rosi und vier haben von uns gleichviel geerbt, das heißt, sie sind nicht ganz so dürr und wasserköpfig und quelläugig wie die vier Töchter, die so nachhaltig der guten Rosi gleichen. Die größte Hoffnung setze ich in unsere älteste Tochter, ein wohlgewachsenes, intelligentes, verantwortungsbewußtes Mädchen, bescheiden, freundlich und fleißig. Eine glückliche Kombination aus Rosis unkompliziertem Gemüt und meinen intellektuellen Neigungen. Schon vor Jahren hatte ich mir vorgenommen, eine Studie über die Lernfähigkeit normaler und törichter Kinder zu schreiben, doch dazu ist es jetzt zu spät, außerdem frage ich mich, wem meine Erkenntnisse noch von Nutzen sein können? Die Menschheit stirbt aus, Schulen gibt es nicht mehr, die Pädagogen haben sich verkrümelt. Doch habe ich versäumt, und das belastet mein Gewissen, an die Zukunft zu denken. Die Menschheit ist drauf und dran, von neuem zu erblühen und zwar von Innerrhoden aus, um, wenn das rauhe und kleine Tal seine Bewohner nicht mehr zu ernähren und beherbergen vermag, Ausgangspunkt neuerlicher Wanderlust und Entdeckerfreude zu sein. Meine Nachkommen werden das ehemalige Österreich, das ehemalige Bayern und das ehemalige Oberitalien entdecken, alles wieder Stätten neuer Besiedlung und ungezügelter Vermehrung, in ein paar Generationen ziehen meine fernen Enkel nach Jugoslawien, Griechenland und Kleinasien, einige treibt es nach Norden, sie gelangen über Frankreich und Belgien nach Schleswig-Holstein, entdecken die Ruinen von Flensburg, während die Südländer Bäume gefällt und Schiffe gebaut haben, neugierig und tollkühn dem südlichen Horizont entgegengesegelt sind, um Afrika zu entdecken, sich in Afrika niederzulassen und die Nordwanderer zu vergessen, diese Vettern und Schwager, die an Skandinavien, an Kälte, Eis und Schnee Gefallen gefunden haben. In welche Himmelsrichtung sie auch ziehen, sie finden halbverfallene Städte und Dörfer vor, die sie nur etwas renovieren müssen, schon haben sie gegenüber der ersten Menschheit Jahrtausende gewonnen. Nur darf man nicht vergessen, daß die Urmutter dieser neuen Menschheit die Idiotenrosi ist. Das ist nicht weiter schlimm, denn man wird zweifellos neue Maßstäbe anlegen, sollte ein Drittel der Menschheit ähnlich geraten wie jene vier Töchter, die so unkorrigierbar nach meiner Rosi gerieten, wird man Streichholzbeinchen und -ärmchen und Wasserköpfe und Klumpfüße für ganz normal, wenn nicht reizvoll halten.

Morgen früh will man mich auf irgendeine Art um die Ecke bringen. Ich werde diesen Lümmeln zuvorkommen. Ich weiß nur noch nicht, wie. Gift habe ich nicht, und da hier die Institution der Apotheke unbekannt ist, kann ich mir auch keins kaufen. Der weise Epikur hat ein heißes Bad genommen und so lange Wein getrunken bis ihn ein Herzschlag ereilte, Heinrich von Kleist, Hemingway und Werther haben sich erschossen, andere haben sich erhängt, vor Eisenbahnen geworfen, sind mit ihren Autos gegen Bäume gefahren, haben sich ertränkt oder angezündet oder sind von Türmen oder Brücken gesprungen oder hungerten sich zu Tode oder begingen Harakiri. Keine dieser Methoden vermag ich in die Tat umzusetzen, nicht einmal erhängen kann ich mich, da ich keinen Strick habe, und meine Bettücher sind alt und brüchig, und Rosis Gummilaken zu flexibel. Natürlich könnte ich mir mit der Küchenschere oder der Sichel die Pulsadern aufschneiden, doch möchte ich der Rosi und den Kindern diesen unästhetischen Anblick ersparen. Der Vater blutleer im eigenen Blut ... Eine andere Möglichkeit wäre, das Haus zu verlassen, sich in den Schnee zu legen und zu erfrieren. Drei Gründe vereiteln diesen Plan: einmal ist meine Hütte von Appenzeller Armbrustschützen umlagert, die meine eventuelle Flucht vereiteln möchten und mich mit Pfeilen durchbohren werden, sobald ich einen Schritt vor die Tür setze, zum anderen möchte ich nicht wie mein Widersacher Robert Scott sterben und außerdem habe ich schon derart viele Gläschen des weithin populären Birnenschnapses getrunken, daß mein Körper genug Wärme gespeichert hat, um eine Nacht im Schnee schadlos zu überstehen. Grob überschlagen gibt es noch ein gutes Dutzend weiterer Methoden, sich das Leben zu nehmen, doch aufzählen möchte ich sie nicht mehr, schlich sich doch während der Niederschrift dieser Zeilen ein Gedanke in meine Überlegungen, der keinen Aufschub duldet. Ich werde mich jetzt meiner lieben Rosi zugesellen und das dreizehnte Kind zeugen, das soll sie nie vergessen, diese letzte Nacht mit mir, diese berserkerhafte Aktivität, und wenn sie das vergessen sollte, ihr zerfetztes Gummilaken, ihre verbeulte Matratze, die geborstenen Sprungfedern werden sie ewiglich erinnern an diese keuchende, schwitzende, brüllende Nacht, in der unsere sämtlichen Kinder weinten, weil sie keinen Schlaf finden konnten und glaubten, die Welt gehe unter in dieser Nacht, die in den Annalen der Appenzeller Bettgewohnheiten einmalig sein wird. Am Herzschlag möchte ich enden, in den Armen der lieben Rosi.

Diese Aufzeichnungen meines vor zehn Jahren verstorbenen Vaters fand ich kürzlich auf dem Boden der Truhe, in der wir unser Dörrobst aufzubewahren pflegen. Während der Lektüre dachte ich zuerst, es handele sich um ein Romanmanuskript, ich dachte das sogar ziemlich lange, erst als dieser Briefe schreibende Mr. Smith aus London Erwähnung fand, wurde ich stutzig – diesen Mr. Smith gibt es wirklich und seine Briefe treffen noch immer in schöner Regelmäßigkeit hier ein, obwohl sie seit nunmehr einem Jahrzehnt unbeantwortet geblieben waren. Als meine Mutter – sie lebt inzwischen in einer Heil- und Pflegeanstalt in der Nähe von Basel – ich selbst und meine zwölf jüngeren Geschwister beschrieben wurden, kam mir die schreckliche Erkenntnis: das ist kein Roman. Ehe ich die Papiere ein zweites Mal durchging,, öffnete und las ich Michael Smith' Briefe der letzten Jahre und erfuhr, daß die Mittelamerikaner, Südostasiaten und Perser nicht mehr existierten, daß Osteuropa und zwei Drittel der afrikanischen Staaten entvölkert waren, daß es in England regnete und Mr. Smith sich gerade von einer Erkältung erholt hatte.

Ein paar Tage später setzte ich mich hin, um Mr. Smith zu schreiben, kein leichtes Unternehmen, wie sich schnell herausstellen sollte, da die Englischkenntnisse, die mein Vater mir vermittelt hatte, sich nur noch bruchstückhaft reaktivieren ließen. Ich erzählte Smith von meinen Geschwistern, die zum Teil bei meiner Mutter lebten, zum Teil ihrerseits schon wieder Kinder hatten oder wenigstens schwanger waren, ich erzählte ihm vom Leben in Appenzell, dem einst so ruhigen Kanton, der inzwischen mit dem Problem der Überbevölkerung zu kämpfen hatte, ich forderte Smith auf, mich zu besuchen, allzuviel gebe es zu besprechen, außerdem wolle ich wissen, wer diese Sabine Huber wirklich war und wie gut mein Vater Gott gekannt hatte. Der Brief wurde nie beantwortet – entweder hatte der Empfänger das Zeitliche gesegnet oder das britische Postwesen war endgültig zusammengebrochen. Das herauszufinden, machte ich mich auf den Weg nach London.

Bis zur deutschen Grenze kam ich mit Drahtseilbahnen und gemieteten Fuhrwerken gut voran. In Deutschland machte ich eine seltsame Entdeckung: Obgleich das Volk so gut wie ausgestorben war, obleich ganze Städte und Landstriche menschenleer waren, verkehrten noch sämtliche Züge und zwar auf die Minute pünktlich. Das war um so erstaunlicher, da es keine Lokführer, keine Schaffner, kurz gesagt, überhaupt kein Bahnpersonal mehr gab. Die Erklärung lieferte mir ein Mitreisender,

der in Stuttgart zugestiegen war: Die Züge, zwar aus lebloser Materie, aber nichtsdestotrotz in Deutschland gefertigt, seien nach ein oder zwei Fahrten derart vom Geist der Fahrpläne und der Bestimmungen der Bundesbahn durchdrungen, daß sie eine von Ankunfts- und Abfahrtszeiten und einem riesigen Paragraphenwerk gespeiste Eigendynamik entwickeln und in deutschem Pflichtbewußtsein von Bahnhof zu Bahnhof über die Gleise rauschen.

Der Geisterzug brachte mich bis Aachen. Von dort schlug ich mich mehr schlecht als recht bis Calais durch. In Calais erfuhr ich, daß die Fähre, die nach Dover überzusetzen pflegte, schon längst verschrottet worden sei. Man wolle jedoch nichts unversucht lassen, mich über den Kanal zu bringen. Ein tollkühner Franzose, U-Bootkapitän im 2. Weltkrieg, dann Söldner in Afrika und nach seiner Pensionierung Inhaber eines Reisebüros, erklärte sich schließlich bereit, mich auf seinem motorbetriebenen Floß nach England überzusetzen. Dieser robuste Graubart hatte sich noch nie um die offiziellen Wettervorhersagen gekümmert, sondern stets seine eigenen Prognosen erstellt, die zwar wissenschaftlichen Methoden Hohn sprachen, aber meistens stimmten. Es war ein wolkiger Freitag, man erwartete allgemein ein stürmisches, gischtgespeitschtes Wochenende, da beschloß der Kapitän, mit mir in See zu stechen. Und tatsächlich, die See blieb spiegelglatt, und ungestört konnte der Kapitän seine Kriegserlebnisse erzählen. Einmal sei er ganz alleine Hitler gegenüber gestanden, habe sich aber nicht zu einem Attentat entschließen können, wahrscheinlich der größte Fehler seines Lebens, der ihn allerdings vor dem Galgen bewahrt habe, aber eben auch vor dem glorreichen Einzug in die Lexika und Geschichtsbücher. Gegen Abend kamen wir an, nicht genau am Zielpunkt, sondern zwanzig Meilen östlich von Dover. Ich war dankbar genug, mich dem Kapitän hinzugeben. Als ich drei Monate später, nach einer Wanderung, die ich nicht noch einmal erleben möchte, in London eintraf, wußte ich, daß ich schwanger war. Französisches Blut, sagte ich mir, wird in den Adern der künftigen Menschheit fließen. (Als der kleine Jean zur Welt kam, stellte sich leider heraus, daß sich in ihm meine gute Mutter voll durchgemendelt hatte.)

Zu meiner großen Freude lebte Michael Smith. Meinen Brief hatte er erhalten, aber noch während er das Antwortschreiben formulierte, hatte die köngliche Post ihren Betrieb eingestellt. Königlich? Vor Wochen schon hatten König Charles und seine Familie den Buckingham Palast mit unbekanntem Ziel verlassen. Nichts deutete darauf hin, daß sie beabsichtigten, jemals wieder dieses halbverfallene Gemäuer unter schadhaftem Dach zu beziehen.

Michael Smith war etwa vierzig Jahre alt, sah nicht besonders gut aus, hatte aber äußerst angenehme, gewinnende Umgangsformen, verfügte über einen zwanglosen Charme.

»Darf ich Ihnen eine Tasse Tee bereiten?«, fragte er, noch ehe ich mich vorgestellt hatte.

»Gerne«, sagte ich. »Ich habe schon seit Wochen nichts Warmes mehr im Magen gehabt.«

»Ich habe vorgesorgt«, sagte Smith. »Als die Wirtschaft in den letzten Zügen lag, habe ich die Hälfte meines Vermögens von der Bank abgehoben und sechzigtausend Teebeutel gekauft. Wenn Sie nun noch wissen, was ein Teebeutel gekostet hat, können Sie sich leicht ein Bild von meinem gegenwärtigen Reichtum machen.«

»Abzüglich der Steuern, Miet-, Strom- und Wasserkosten«, sagte ich.

»Kein Penny«, lachte Smith. »Aber nehmen Sie doch erst mal Platz.«

Ich setzte mich auf ein schottisch gemustertes Sofa, während Smith in der Küche Tee kochte. Ich hatte Zeit, mich umzusehen. Vor allem der Wandschmuck fesselte meine Aufmerksamkeit: neben einem Stadtplan von New York und einer Südpolkarte hing ein Foto des halb zugeschneiten Kapitän Scott und daneben das lebensgroße Porträt einer Dame, die ich unschwer als Sabine Huber identifizierte.

»Kein Penny«, sagte Smith und servierte den Tee. »Der Hauswirt ist vor drei Jahren gestorben und hat keine Erben hinterlassen, Strom gibt es nicht mehr, Wasser spendet uns fast täglich der Himmel und Steuern werden schon längst nicht mehr erhoben – wofür auch? Sie scheinen Gefallen an den Bildern zu finden. Ich habe seit dem Tod meines Vaters nichts verändert. Übrigens, darf ich fragen, was mir die Ehre Ihres Besuches verschafft?«

Ich erklärte kurz Verlauf und Zweck meiner Reise.

»Dann sind Sie also«, rief Smith hocherfreut, »Sabine Hubers Tochter.«

»Nein, nein«, sagte ich, »ich bin aus zweiter Ehe. Sabine Huber ist ein Jahr vor meiner Geburt gestorben.«

»Natürlich«, sagte Smith. »Sabine Huber hätte ja auch gar nicht mehr ... Ihr Vater hat mir von seiner zweiten Verehelichung mitgeteilt, sich aber ansonsten über Ihre Mutter in Schweigen gehüllt.«

»Wir sprechen später darüber«, sagte ich.

»Davon abgesehen«, sagte Smith, »genoß ich ja das volle Vertrauen Ihres Vaters. So teilte er mir beispielsweise mit, daß er auch außerhalb der Legalität für ein neuerliches Gedeihen der Menschheit sorgte.«

»Ich glaube, er wollte«, sagte ich, »daß sich die neue Menschheit eigene Gesetze des Zusammenlebens schafft und ließ in einer Art freudigem Vorgriff alte Normen außer acht.«

»Ich habe schon seit Jahren nichts mehr von Ihrem Vater gehört«, sagte Smith, »und ich habe mich oft gefragt, warum ausgerechnet die Schweizer Post als eine der ersten in Europa ihre Dienstleistungen eingestellt hat?«

»Oh«, sagte ich, »die Schweizer Post gibt es noch, nur – mein Vater ist vor zehn Jahren gestorben.«

»Oft kommt man auf die naheliegendsten Gedanken nicht«, sagte Smith. »Mein aufrichtiges Beileid. Sie müssen ihn sehr geliebt haben.«

Er versank in ein langes, finsteres Brüten.

»Wer war diese Sabine Huber wirklich?«, unterbrach ich die Stille.

»Stören Sie mich nicht«, knurrte Smith.

Ich weiß nicht mehr, wie lange wir schweigend in diesem Wohnzimmer am Stadtrand Londons zusammensaßen. Es wurde allmählich Abend, das Teelicht im Stöfchen beleuchtete den Raum immer kläglicher.

»Lawinen!«, rief Smith plötzlich.

Ich zuckte zusammen.

»Wie bitte?«, sagte ich.

»Lawinen«, sagte Smith. »Dabei fällt mir ein, die Österreicher sind inzwischen auch ausgestorben. Erstaunlich, wie lange sich dieses kleine, tapfere Volk gehalten hat. Wo waren wir stehengeblieben?«

»Lawinen«, sagte ich.

»Richtig«, sagte Smith. »Wie oft hat man doch in der

Zeitung gelesen, daß ganze Gebirgsdörfer samt ihrer Einwohnerschaft auf Nimmerwiedersehen von Lawinen begraben wurden.«

»Ein paar Skifahrer vielleicht«, sagte ich. »Aber ganze Dörfer?«

»Ganze Dörfer«, sagte Smith. »Und mehr als einmal. Nun setzen Sie doch mal den Fall, ein paar dieser Lawinen gingen in Innerhoden nieder.«

»Was dann?«, sagte ich.

»Das Lebenswerk Ihres Vaters wäre zerstört. Die gerade wieder zart erblühende Menschheit wäre ein zweites Mal vernichtet – und dann noch durch Schnee und Kälte, so ganz im Sinne des fürchterlichen Kapitän Scott! Welche Ironie des Schicksals, stellen Sie sich das mal vor, Sabine, die Menschheit unter einer Lawine, und Scott lacht im Grabe!«

»Das ist wirklich ein furchtbarer Gedanke«, gab ich zu.

»Und selbst wenn Innerrhoden von Lawinen verschont bleiben sollte«, sagte Smith, »wäre es strategisch klug, an eine Art Nord-Süd-Zange des Zeugens zu denken. In anderen Worten . . .«

»In anderen Worten . . .«, sagte ich.

»Wir sollten uns nicht allein auf die Schweiz verlassen«, sagte Smith. »In anderen Worten, zum Segen der Menschheit, Sabine, schlafen Sie mit mir.«

»Erst wenn Sie mir London gezeigt haben«, sagte ich.

»London?«, sagte Smith. »Höchstens die Reste von London. Der Tower ist eingestürzt, über Poets Corner wuchert das Moos, der Big Ben ist total verrostet. Ich zeige Ihnen alles, wenn Sie wollen, aber hat das nicht bis morgen Zeit?«

»Sicher«, sagte ich, »das andere hat auch bis morgen Zeit.«

»Wir dürfen keinen Tag verlieren«, sagte Smith.

»Doch«, sagte ich. »Die neue Menschheit soll nicht unter Streß entstehen.«

»Also morgen?«, sagte Smith.

»Morgen«, sagte ich.

Es war inzwischen vollständig dunkel geworden. Smith zündete zwei oder drei Kerzen an.

»Wer war Sabine Huber wirklich?«, fragte ich.

»So genau hat das niemand rausgefunden«, sagte Smith. »Auch mein Vater nicht.«

»Hat Ihr Vater Sabine Huber geliebt?«

»Ich glaube, schon.«

Durch das Fenster konnte man sehen, daß es schneite.

»Es schneit«, sagte ich.

»In England gibt es keine Lawinen«, sagte Smith.

»Ich weiß«, sagte ich.

»Morgen«, sagte Smith. »Die Nord-Süd-Zange.«

»Morgen«, sagte ich.

»Ehrenwort?«, fragte Smith.

»Ehrenwort«, sagte ich.

»Möchten Sie noch etwas Tee?«, sagte Smith.

»Nein danke«, sagte ich.

Michael Schulte, geboren 1941 in München. Zahlreiche Auslandsaufenthalte; lebt heute als freier Schriftsteller in New Mexico, USA. U. a. sind von ihm erschienen: »Die Dame, die Schweinsohren nur im Liegen aß«, »Drei Nonnen gekentert«, »Goethes Reise nach Australien«, »Elvis Tod«, »Geschichten von unterwegs«, »Karl Valentin – Eine Biographie«, und zuletzt im Meyster Verlag, München, »Bambus, Coca Cola, Bambus«.